elefan

CW01665177

Dello stesso autore in edizione Garzanti:

Venere privata
Traditori di tutti
I ragazzi del massacro
Milano calibro 9
Le principesse di Acapulco
Le spie non devono amare
Ladro contro assassino
Europa molto amore
Al mare con la ragazza
Al servizio di chi mi vuole
La ragazza dell'addio
Dove il sole non sorge mai
La sabbia non ricorda
Non rimanere soli
Racconti neri
Il Centodelitti
I sette peccati capitali e le sette virtù capitali

Giorgio Scerbanenco

I milanesi ammazzano al sabato

Garzanti

In questa collana
Prima edizione: maggio 1994
Seconda edizione: ottobre 1999
Terza ristampa: aprile 2003
Quarta ristampa: febbraio 2005
Quinta ristampa: ottobre 2005
Sesta ristampa: luglio 2006
Settima ristampa: giugno 2007
Ottava ristampa: settembre 2008
Nona edizione: giugno 2009
Decima ristampa: marzo 2010
Undicesima ristampa: luglio 2011

Per essere informato sulle novità del Gruppo editoriale Mauri Spagnol visita:
www.illibraio.it
www.infinitestorie.it

ISBN 978-88-11-66963-0

© Garzanti Editore s.p.a., 1969, 1994
© 1999, Garzanti Libri s.p.a., Milano
Gruppo editoriale Mauri Spagnol

Printed in Italy

www.garzantilibri.it

I milanesi ammazzano al sabato

Capitolo 1

Con la civiltà di massa oggi viene fuori anche la criminalità di massa. Oggi la polizia non può più ricercare un singolo delinquente, indagare su un singolo caso, oggi si fanno dei rastrellamenti con le reti a strascico dei vari nuclei di polizia, nucleo antidroga, nucleo antitratta delle bianche, negre, gialle, nucleo antirapina, antifalsari, antigiocodazzardo, si pesca in questo lutulento mare del crimine e della sozzeria e vengono fuori repellenti pesci piccoli e grossi, e si fa così pulizia. Ma non c'era tempo di cercare una ragazza alta quasi due metri, del peso di un quintale, minorata di mente, scomparsa da casa, vanificata, in una sterminata Milano dove ogni giorno qualcuno scompare e non si ha possibilità di ritrovarlo.

1

Duca Lamberti disse: « Sì. » Non era un'interrogazione, era un'approvazione.

L'uomo anziano ma robusto, solido, largo, muscoloso, velloso alle orecchie e alle sopracciglia, dall'altra parte del tavolo, riprese allora a parlare. « Ogni volta che andavo al commissariato il commissario mi diceva: ‹ Stia tranquillo che ritroviamo la sua bambina, abbia pazienza, sa, c'è tanto lavoro. › Io andavo una volta alla settimana al commissariato e il commissario mi ha risposto sempre la stessa cosa, che avrebbe ritrovato la mia bambina, ma sono passati cinque mesi e non l'hanno ancora trovata, e io non vivo più. Brigadiere, per pietà, me la trovi lei, se no, io non so che cosa faccio. »

Duca Lamberti non era brigadiere, ma non lo corresse, non gli piaceva correggere nessuno, insegnare a nessuno. Guardò l'uomo anziano, non molto anziano, non doveva avere ancora sessant'anni, guardò quel viso di vecchio bellicoso toro bonario in quel momento deformato da una smorfia di commozione vicina al pianto. « Certo, faremo tutte le ricerche, » gli disse.

La storia era molto semplice, una bambina era fuggita da casa, senza un perché, il padre denunciava la fuga al commissariato del quartiere e il commissario cercava di fare quello che poteva per ritrovare la ragazza, e tutto quello che poteva era poco, o quasi niente, o niente del tutto. Dopo cinque mesi, supponendo all'italiana che se avesse scavalcato il capo piccolo e fosse andato dal capo grosso avrebbe ottenuto risultati migliori, quel padre era arrivato alla Questura Centrale, fino a Càrrua e Càrrua aveva troppo lavoro per seguire quel lavoro e aveva mandato quel padre a lui, Duca Lamberti, perché lui provvedesse. « Mi fa pena, questo uomo, fai tutto quello che puoi, » aveva detto Càrrua. E lui stava cercando di fare tutto quello che poteva.

« Quanti anni ha la sua bambina? » domandò al vecchio, prendendo un quadernino nuovo da un cassetto, cercava di aiutarlo anche con quell'affettuoso vocabolario, quel sensibile, amicale tono, così come lui aveva sempre parlato, nel suo racconto, di sua figlia.

« Ventotto, » disse il vecchio, riprendendo nel viso una forma normale, dopo la smorfia di commozione di prima.

Duca Lamberti posò la piccola matita sul tavolo, vicino al quadernetto. Avrebbe voluto credere di aver udito male, cioè il vecchio aveva detto diciotto, ma lui aveva capito ventotto. Sapeva che non era così. Udiva benissimo e il vecchio aveva detto effettivamente ventotto. C'era dunque un equivoco, fino a quel momento lui aveva creduto che si trattasse di una minorenne scappata di casa con un cattivo soggetto, ma una donna di ventotto anni non è una minorenne. Lo disse al vecchio velloso in viso e perfino sul dorso delle mani, gli occhi grigi incassati sotto l'ampia arcata orbitale. « Ma una donna di ventotto anni non è una bambina, » gli disse e per non guardarlo negli occhi gli fissava, appunto, la folta, variamente colorata peluria sul dorso delle mani, bianca, grigia, nera. « Può darsi che sua figlia abbia deciso di andarsene via con un uomo scelto da lei. Non si tratta di una fuga, di un rapimento, ma di una ragazza di ventotto anni che se ne va via con un uomo dalla casa paterna. »

Il vecchio scosse il capo. « No, mia figlia è una bambina, e lo sarà anche quando avrà cento anni. »

Un silenzio. Duca accennò di sì, non gli piaceva contraddire chi soffriva in quel modo, come quel vecchio, comprendeva che per un padre, la figlia può essere sempre una bambina, anche a cento anni, ma legalmente questa intenerita sensazione paterna è del tutto priva di significanza, e glielo disse, all'uomo che era davanti a lui, oltre la tavola, in quella quieta, morbida, fine estiva mattina di settembre: « Capisco, ma legalmente noi non possiamo fare nulla a una donna di ventotto anni che decide di andarsene via dalla casa paterna. »

Allora l'uomo al di là della scrivania disse, con fermezza disperata e amara: « Mia figlia è malata di mente. » Disse abbassando il capo: « È nata malata di mente, ha l'intelligenza di una bambina di dieci anni, anche se ha ventotto anni. Per Natale mi ha chiesto in regalo una macchina per cucire, di quelle piccole, per bambine, e gliel'ho dovuta regalare, se no piangeva, e con quella macchinetta — pensi che ho in casa la Borletti ultimo modello che non ho ancora finito di pagarla a rate — con quella macchinetta cuce gli abiti delle bambole, perché gioca ancora con le bambole, ha la stanza piena. »

Allora Duca si alzò. La storia cominciava a divenire ancora più triste di quello che era apparsa al principio. Una minorata mentale. Più triste e complicata. Disse, voltando le spalle al vecchio: « Sua figlia è stata in qualche ospedale psichiatrico? »

« Oh, no, » disse l'uomo, la sua voce fonda, raspante, alle sue spalle, « l'abbiamo tenuta sempre in casa. »

Duca accennò di sì, cominciava a capire, il vasto mondo di quella vasta sciagura si vastificava sempre di più. « Non l'avete mandata a scuola? » domandò sempre con le spalle voltate.

Alle sue spalle, la vecchia, cespugliosa voce disse: « No, gli altri bambini avrebbero riso di lei, e poi non avrebbe imparato niente. »

Capiva. « Ma sua figlia sa leggere e scrivere? »

« Sì, le ha insegnato mia povera moglie, » disse così, *mia povera moglie* invece che « la » mia povera moglie, indicando in questo milanese e longobardo modo di esprimersi che sua moglie era morta, e lui vedovo, quindi. « E anche mia povera cognata Stefana, che è stata come un'altra madre. »

Così era vedovo anche della cognata. Duca si volse. « Certo avrete avuto un medico che ve la curava. »

« Segùra de sì, » disse l'uomo con improvviso scatto in dialetto milanese, non di presuntuoso orgoglio, ma come dicesse: « Potete pensare che io sia capace di lasciare la mia bambina senza un medico? » Sicuro di sì, aveva detto in milanese. Aggiunse in italiano: « Certo, il medico veniva almeno una volta al mese, ma la mia bambina non è matta, solo è... è... »

Duca pensò: « Adesso mi dirà: *È indietro*. »

L'uomo oltre la scrivania disse: « ... solo è indietro. » Trangugiò saliva. « Il corpo è cresciuto, ma la testa no. »

Duca tornò dietro la tavola, cominciava amaramente a capire.

Vi sono nel mondo centinaia di famiglie, forse migliaia, decine di migliaia, che si tengono in casa figli malati di mente o deformi, focomelici, epilettici, o con perversioni sessuali, dementi. Se li tengono in casa, specialmente se sono povere famiglie, poveri genitori, o di media agiatezza, i ricchi di solito li chiudono nelle cliniche, loro invece nascondono in casa quella che in fondo considerano, oltre che una disgrazia, una vergogna, imboccano giovanotti di venti anni che fanno ancora la pipì a letto, portano in carrozzella mongoloidi ottusi di dodici anni che pesano cento chili e non sanno ancora camminare; si dissanguano per tenere nascosta la disgrazia, per ammorbidirla, per farla apparire agli amici, e ai vicini e conoscenti, come una malattia un po' lunga, o una cosa normale anche se triste. E quel vecchio e « sua povera moglie », dovevano aver fatto così, fino ai ventotto anni della ragazza, finché la ragazza non se ne era andata.

« Chi è il medico che curava sua figlia? » disse Duca.

« Il professor Fardaini, » disse subito il padre, non tanto con orgoglio, quanto con tono di voce di uno che afferma di aver fatto tutto il suo dovere.

E lo aveva certamente fatto, pensò Duca. Giovanni Fardaini era il miglior psichiatra, neurologo, endocrinologo, biologo e altro d'Italia, aspettava da qualche anno il premio Nobel, e glielo avrebbero dato ben presto, ed era anche uno dei più cari specialisti esistenti in Europa, e dove quel vecchio, che non aveva l'aria di un petroliere o di un Rockefeller, avesse potuto trovare i soldi per pagare un Fardaini, lui, Duca, preferiva non chiederselo. Ci sono vecchie, aristocratiche, impoverite signore che rubano al supermercato per nutrire il loro morente gatto rognoso.

« E che cosa ha detto il professor Fardaini della malattia di sua figlia? » disse Duca.

Il vecchio si mise una mano sulla fronte, così si nascose gli occhi. « Diceva sempre una parola. »

« Che parola? »

« Elefantiasi, » disse quello oltre la tavola.

Duca accennò di sì. Elefantiasi. Elefantiasi era un termine generico. Certamente il professor Fardaini, nella sua diagnosi, doveva aver aggiunto molte altre specificazioni dottissime, ma il povero uomo ricordava solo « elefantiasi » che l'aveva colpito, perché evidentemente gli ricordava gli elefanti visti al giardino zoologico. Elefantiasi, così, questo termine da solo, non significava nulla. Era inutile fare domande tecniche, da medico, a quell'uomo. Gli chiese solo: « Quanto pesa sua figlia? »

Gli occhi grigi nel fondo cavo orbitale scintillarono sorpresi, poi l'uomo parve comprendere il motivo della domanda e rispose subito, informatissimo, perché era informato di ogni minuzia di sua figlia, del male di sua figlia: « Novantacinque chili. »

« E quanto è alta? » chiese Duca.

La risposta fu immediata eppure come forzata, come di qualcuno che confessa cosa non addicevole: « Un metro e novantacinque. »

Ancora Duca accennò di sì. Per il peso ci sono molte donne che arrivano ai novantacinque chili, ma per l'altezza non sono molte le donne che raggiungono il metro e novantacinque. Chiese al vecchio: « Sua figlia ha qualche sproporzione, non so, un braccio più corto dell'altro, una gamba molto grossa e una sottile, qualche dito mancante? »

L'uomo scuoteva il capo a ogni indicazione e poi l'interruppe: « Mia figlia è bellissima. » Dal portafoglio, quasi con furia, levò diverse fotografie, formato seisei. « Guardi, gliele ho fatte io, l'ho sempre fotografata io, fin da quando è nata, ho la passione della fotografia, » gli metteva davanti le fotografie come carte da gioco, la voce densa, liquorosa di tenerezza e di orgoglio che sua figlia fosse così bella.

Bellissima. Duca sfogliò, una dopo l'altra, come carte da gioco, le fotografie, bellissime anche tecnicamente: un dolcissimo viso di giovane donna, un viso da bellezza svedese, con un profilo da statua romana, per niente grasso, anzi come smagrito perché i novantacinque chili di peso si perdono ovviamente in uno e novantacinque di altezza. Meravigliosi i lunghi capelli biondi di un cinereo, quasi impossibile biondo. Guardando quel primo piano, quella carta da gioco con una regina di tale inaspettata bellezza, Duca domandò: « I capelli sono colorati dal parrucchiere, o sono suoi? »

« Suoi, suoi, brigadiere, » disse caldo il vecchio, « non usciva mai, neppure accompagnata, la guardavano tutti, veniva dietro la gente a darle noia, figuriamoci se potevamo portarla dalla parrucchiera, era mia povera moglie e mia povera cognata che la curavano, ma i capelli sono così, quel colore, e così lunghi, perché io non ho mai voluto farglieli tagliare. »

Duca prese un'altra foto, questa era a figura intera, la ragazza stava in piedi vicino a un divano, da una grande finestra una luce chiarissima e dolce la illuminava chiaramente e dolcemente in tutta la sua plastica e marmorea bellezza, faceva subito sorgere l'idea di quei floreali monumenti, in cui la Libertà dal bronzeo seno scoperto, dal basso appena velato da un bronzeo velo, stringe in pugno una bandiera di bronzo, fluttuando su un basamento di bersaglieri di bronzo in carica col loro lungo fucile della prima guerra mondiale proteso in avanti.

Una terza fotografia. Era in costume da bagno, un pezzo solo, su una spiaggia deserta.

« D'estate la portiamo al mare, » spiegò l'uomo dietro la scrivania. « Sa, è una cosa un po' complicata, ma abbiamo trovato una spiaggetta vicino a Comacchio, dove non c'è ancora nessuno, solo una casa di pescatori contadini che è proprio lì, quasi sulla sabbia, così che quando arriva qualcuno la portiamo subito in casa di quei contadini. »

Il corpo della ragazza era qualche cosa di più e di diverso da quello di una gigantesca scultura, nessuna scultura può avere l'armonia e la proporzione di un corpo umano, specialmente se femminile, quando questo corpo ha armonia. Ma la ragazza della foto aveva la massima perfezione di armonia che corpo umano possa avere, solo le spalle, un poco troppo arcuate, lontanamente ortopediche, erano un soffio lontano da quell'armonia, ma in un certo senso ne aumentavano però la bellezza.

« Perché la tenevate così nascosta? » domandò Duca. « È una ragazza un po' alta, un po' grande, ma non è un fenomeno, vi sono delle giocatrici di pallacanestro grandi quasi come lei. »

Il vecchio abbassò il capo. « Perché, » disse, e si fermò di colpo.

2

Duca attese molto, poi domandò: « Perché? »

Il vecchio rialzò il capo, si passò la lingua sulle labbra. Disse: « Perché guardava gli uomini. Avremmo potuto portarla fuori a passeggio, » cominciò a spiegare pazientemente quella vergogna, « certo l'avrebbero guardata, così alta come era, così grande, ma accompagnata da mia povera moglie o da me, si sarebbe potuto portarla fuori. Qualche volta abbiamo tentato, ma era impossibile. »

Duca attese, ma l'altro non parlava più. Allora disse: « Perché era impossibile? »

Pronto nell'esporre la sua vergogna fino all'ultima stilla l'uomo disse: « Perché guardava gli uomini che passavano per la strada e sorrideva. C'erano già tutti gli uomini che guardavano lei, e figuriamoci cosa succedeva quando lei ne guardava uno e sorrideva. Una volta abbiamo dovuto correre, mia povera moglie, io e la bambina, in una merceria, perché c'erano tre giovinastri che ci erano venuti appresso, come lupi, io allora avevo dato una spinta a uno dei tre, ma gli altri allora stavano per saltarmi addosso e mia povera moglie mi tirò per un braccio dentro la merceria, se no chi sa cosa succedeva. Da quella volta non abbiamo più fatto tentativi. »

Duca immaginò facilmente la scena: una ragazza alta uno e novantacinque, più bella della più bella statua della Vittoria, alata o no, con dietro un branco di piccoli latin lovers, tra cui del focosissimo sud, che la circondavano, cioè circondavano la vivente statua della Vittoria, del tutto noncuranti che quella statua fosse accompagnata da madre e padre, e anzi pronti, preparatissimi, a picchiare madre e padre, pur di avvicinare la gigantessa, circuendola in giri sempre più stretti, come a un safari intorno a un leone.

« Il dottore dice che è una malattia, » riprese d'improvviso la cespugliosa voce. « La mia bambina è una ragazza onesta, ma è malata, è una malattia, quella lì, che guarda tutti gli uomini, sorride, e qualunque cosa le dice un uomo, lei dice di sì. »

Sì, era una malattia, Duca lo sapeva, che aveva molti nomi, generici, come « ninfomania » o tecnici, come estrite, eretismo. Non c'entrava l'onestà, la morale, l'educazione, l'ambiente. Dall'interno del proprio corpo sorgeva una fiamma perenne di estro sessuale, che non si saziava mai e che conduceva il sofferente ad atti e comportamento socialmente, moralmente scorretto, e anche alla sua rovina, in ogni senso, anche fisico.

« Per questo non l'abbiamo portata più fuori, e non l'abbiamo mai lasciata sola, se no il primo uomo che le dice: ‹ Vieni ›, lei gli dà la mano e va con lui. Finché è stata viva mia povera moglie, lei non l'ha lasciata un minuto, poi è morta, ma allora è subito venuta quella santa donna di mia cognata a tenerle la guardia e io andavo a lavorare alla Gondrand tranquillo, e mia povera cognata la curava, anche, le aveva insegnato a rispondere al telefono a far funzionare la lavatrice, la televisione, era un miracolo, le dico, signor brigadiere, bisognava solo impedirle di andare sul balcone o alla finestra, perché se no lei si metteva a fare saluti ai giovanotti, sorrideva, li chiamava. » Il vecchio si coprì il viso con le mani. « Si scopriva perfino la scollatura o si tirava su la sottana... che vergogna, signor brigadiere, noi siamo al secondo piano, però c'era mia povera cognata, e non la lasciava mai andare alla finestra. Poi mia cognata è morta. » Il vecchio oltre la scrivania scoprì il viso. « Io devo lavorare, io devo andare sempre alla Gondrand, non tanto per me, quanto per la mia bambina, le cure costano, non voglio mandarla al manicomio, piuttosto mi ammazzo, e dopo la morte di mia povera cognata ho preso una vecchia infermiera che le facesse la guardia intanto che io andavo alla Gondrand, ma dopo qualche settimana ho visto che questa vecchia non mi faceva niente, mi mangiava solo il pane alle spalle, e allora ho pensato che forse la mia bambina poteva rimanere anche sola, negli ultimi due anni che l'aveva tenuta mia povera cognata era molto migliorata: ubbidiva, capiva di più, si rendeva conto che doveva fare quello che le dicevo, e così provai, i primi giorni con tanta paura e poi fu come un miracolo, signor brigadiere, lei non può immaginare, tornavo a casa dalla Gondrand e lei mi aveva preparato la minestra e le uova come le aveva insegnato la zia. Naturalmente non è che la lasciassi sola tutto il tempo che io ero a lavorare, sa, io lavoro alla Gondrand, alla sede dei trasporti internazionali in piazza della Repubblica, e abito in viale Tunisia 15, sono tre minuti di strada, col permesso del cavalier Servadio due volte al mattino e due volte al pomeriggio correvo a casa, tre minuti all'andata, tre al ritorno, quattro mi fermavo in casa per vedere che la mia bambina non avesse combinato qualche guaio, per dirle di fare la brava, ma andava tutto bene, doveva vedere come mi teneva pulita la casa, aveva la passione di sua madre per pulire in terra, la trovavo quasi sempre ginocchioni in terra col secchio vicino pieno di detersivo e lo straccio in mano, come le aveva insegnato sua madre che diceva che solo quello era il modo di pulire davvero bene i pavimenti. » D'improvviso si mise a piangere, certo immaginando la sua bambina ginocchioni in terra che lavava alacre i pavimenti con la felice alacrità del malato di mente che non sente fatica. Ma asciugandosi le lacrime con le dita continuò a parlare. « Le piaceva tanto la musica e allora io le avevo comperato uno di quei cosi facili per far suonare i dischi, non mi ricordo il nome. »

« Un mangiadischi, » suggerì Duca.

« Sì, proprio così, un mangiadischi, » il viso e le lacrime illuminate di taglio da quella radente, così chiara luce estiva, disse il vecchio. « L'ho preso perché era felice: basta spingere il disco nella fessura e il disco suona, le compravo sempre nuovi dischi, lei stava in casa sola tutto il giorno, lavorava, puliva tutto, preparava da mangiare, io prima di uscire di casa chiudevo coi lucchetti le finestre e abbassavo a metà le tapparelle e le fermavo anche queste con un lucchetto in modo che non potesse rialzarle, così non poteva stare alla finestra a guardare i giovanotti, a chiamarli, a... », non ebbe il coraggio di dire « a tirarsi su la sottana », e scivolò via saltando tale penoso particolare, « ... io ero così felice, andava tutto così bene, era così brava, mi rammendava anche i calzini, stirava così bene le camicie, quasi come mia povera cognata che glielaveva insegnato, non mi sembrava neppure di essere un povero padre solo con una figlia malata di mente, mi sembrava di essere un giovane sposo, andavo alla Gondrand, tornavo a casa e tutto era a posto e lei mi sorrideva e mi abbracciava e in cucina c'era il tavolo apparecchiato per noi due e dei buoni odori che facevano venire l'acquolina in bocca, ed è andata bene così quasi per un anno, poi una mattina sono tornato a casa e non l'ho trovata più. »

Per fermare quel pianto senza suono più penetrante di qualsiasi alto lamentìo, Duca lasciò cadere la piccola matita che aveva in mano sul tavolo e il piccolo, secco rumore, infatti, attrasse l'attenzione del vecchio che smise di colpo di piangere. Duca disse: « Allora scriviamo la nuova denunzia. Mi ripeta il suo nome per favore. »

L'uomo si asciugò le lacrime. « Berzaghi Amanzio, » disse, docile, lacrimoso ma servizievole cittadino, pronto a ubbidire alle leggi e ai pubblici ufficiali.

« Quando è nato? » chiese ancora Duca scrivendo sul quadernetto il nome dell'uomo « Berzaghi Amanzio », Amanzio, antico, aristocratico nome lombardo.

« Il 12 febbraio del 1909 ».

« Genitori? »

« Fu Alessandro e fu Rosa Perassini. »

« Il nome di sua figlia? »

« Donatella. » Il vecchio tornò a piangere. « Appena nata era così piccola che fra i tanti nomi che avevamo pensato io scelsi quello, poi da più grande i ragazzi la prendevano in giro e la chiamavano Donatona... »

Duca scrisse *Donatella* sul suo quadernetto. « Adesso mi racconti bene l'ultimo giorno in cui ha visto sua figlia. »

3

Lo raccontò bene. Da quando la sveglia, alle sette del mattino, aveva suonato sul suo comodino. L'aveva subito chiusa, si era subito alzato ed era andato nella stanza di Donatella. Donatella dormiva, il letto era stato fatto su misura, un poco più grande del normale, ma l'occhio non se ne accorgeva. Sul pavimento, sul letto, sulle sedie, vi erano delle bambole, tutte piuttosto grandi, erano la passione di Donatella, erano vestite sempre secondo l'ultima moda, con abiti fatti da lei stessa, copiati dalle riviste di moda. Donatella quella mattina stringeva fra le braccia una delle bambole più piccole, Giglioletta, come lei la chiamava, dai lunghi capelli neri, e i lunghi capelli neri della bambola coprivano il viso a lei ancora dormente e per prima cosa lui, il padre, aveva scostato i lunghi, prestigiosi capelli neri della bambola dal viso della figlia, dai capelli biondi della figlia, che con quelli neri della bambola avevano formato un ricamato, cinematografico viluppo.

E mentre così le liberava il viso, lei si era svegliata e subito gli aveva teso le braccia nel mattutino, consueto abbraccio, sorridendo, mollemente, sensualmente felice. Poi lui era andato ad aprire il lucchetto della tapparella e aveva potuto tirare su la tapparella e non era entrata molta luce più di quanto ve ne fosse prima perché era una mattinata di marzo tempestosa, temporalesca, con raffiche di vento, lampi sulle nubi nero viola che imponevano sicura pioggia. Poi aveva seguito sua figlia che si rivestiva e si lavava, standole accanto senza guardare troppo, ma vigilando minutamente su di lei, perché di solito quelle operazioni andavano bene, ma ogni tanto vi poteva essere qualche inceppo, soprattutto nell'allacciare le calze al reggicalze, lei non sempre riusciva a chiudere la fibbia sul bottone, allora cominciava a giocherellare col reggicalze accarezzandosi la grande gamba bianca e alla fine lasciando perdere quell'impresa in cui le sue dita guidate da centri nervosi alterati non riuscivano, e se ne andava in giro per casa con la calza che le scivolava lungo la meravigliosa gamba, dandole un tono di sciatteria che la perfezione femminilissima di quella gamba non meritava davvero. Quando erano vive la madre e la zia, provvedevano loro a rimediare a questi piccoli inconvenienti, tirandole su le calze ben tese fino alla fibbia del reggicalze, o raccogliendole il sapone che lei, lavandosi, lasciava cadere più e più volte da bambina giocastrona, o ricordandole, a lei svagata per minorazione neuropsichica, la sequenza giusta delle operazioni di vestirsi e lavarsi, che lei era portata ad alterare, facendo prima quelle da farsi dopo, e non facendole tutte.

Ma una volta vestita e fatto ogni dovuto lavacro, tutto andava da solo e andò da solo anche quella mattina. Donatella preparò giustamente il caffelatte e lui le disse quello che doveva cucinare per la colazione. Adesso, a cinque mesi di distanza, non ricordava più che cosa le avesse detto di cucinare quella mattina. Le faceva fare cibi semplici, la pastasciutta, le uova, le patate lesse, una fettina di carne in padella, per non complicarle il lavoro. Quella mattina proprio non ricordava che cosa le avesse detto di preparare, gli pareva la pastina in brodo, ma non ne era sicuro, o le aveva fatto fare le conchigliette al burro?

« Non ha importanza, » disse Duca.

Ma il vecchio Amanzio Berzaghi era un uomo preciso, insistente nelle sue precisioni. Stringendo gli occhi, aggrottando la fronte, d'un tratto specificò: « Le conchigliette al burro, ne sono sicuro, adesso me ne ricordo, le dissi di prepararmi le conchigliette al burro, perché piacciono molto anche a lei. »

Dunque le aveva detto di prepararle per colazione le conchigliette al burro, e glielo aveva detto intanto che insieme inzuppavano il pane nel caffelatte. Poi Amanzio Berzaghi si era alzato per recarsi al lavoro e, prima di uscire, finestra per finestra, aveva controllato le sei finestre dell'appartamento, cioè aveva controllato che i lucchetti che tenevano legati i battenti fossero ben chiusi, e che fossero ben chiusi i lucchetti che fermavano la correggia della serranda a un robusto chiodo in modo che la tapparella fosse chiusa a metà, e non potesse essere né alzata, né abbassata. Forse tutte quelle tapparelle abbassate a metà davano troppa penombra e un senso di tristezza, comunque era meglio questo che il pericolo che Donatella davanti alle finestre potesse vedere e farsi vedere.

E dopo questo controllo Amanzio Berzaghi era uscito di casa chiudendo a chiave la porta. Dall'interno Donatella non avrebbe potuto aprire, era assolutamente chiusa in casa, chiuse porte e finestre, con l'esterno poteva comunicare solo col citofono in caso di pericolo — incendio, fuga di gas, altro — poteva citofonare in portineria, e sua zia glielo aveva insegnato, e il portiere sarebbe accorso ad aprirle la porta con una seconda chiave. Erano le otto e dieci appena passate quando Amanzio Berzaghi uscì dal portone numero 15 di viale Tunisia e subito andò nel piccolo caffè quasi di fronte e ordinò una grappa, era il suo vizio segreto, nessuno sapeva, all'infuori naturalmente dei baristi, non lo aveva mai saputo neppure sua moglie, né sua cognata, che lui beveva diverse grappe al giorno, cominciava al mattino, due o tre, e due o tre nel pomeriggio, e altre due o tre la sera.

« Sa, quando era viva mia povera moglie, la sera dovevo trovare tante scuse per uscire e andare a bere il grappino, che mia moglie finì per pensare che avevo qualcuna che andavo a trovare, e una volta mi fece una scenata e poi si mise a piangere. »

Duca ascoltò senza interrompere la divagazione.

« Vede, ho preso il vizio dopo quella disgrazia, signor brigadiere, quando scesi dal Milano-Brema e vidi tutto quei sangue... » La divagazione continuò, Amanzio Berzaghi lavorava per la Gondrand da quasi venticinque anni e per oltre quindici anni aveva fatto parte della sezione Trasporti Internazionali guidando come secondo pilota e poi come capo pilota, i giganteschi autocarri che da Milano raggiungevano le più lontane località d'Europa. « Sono stato due volte a Mosca, anche, » disse l'uomo con orgoglio, « sulla piazza Rossa dove ci siamo fermati la gente ci ha circondato per vedere quel bestione che guidavo, sono saliti perfino nell'abitacolo, mettevano la testa nelle cuccette, toccavano il radiotelefono, ci impedivano di proseguire, uno parlava italiano e mi disse che quell'autotreno era più grande di un grosso aereo, dovette intervenire la polizia per far sfollare la gente, io ero contento di quel lavoro, l'ho fatto per tanti anni, ero il più bravo, il libretto di lavoro alla Gondrand lo dice, » l'uomo alzò fieramente il capo, « non ho mai avuto un incidente, anche minimo. »

Poi l'aveva avuto, invece. Alla periferia di Brema, sull'enorme autotreno che veniva chiamato appunto Milano-Brema perché faceva quella linea. Usciti dall'autostrada, nella notte piovigginosa, sul fondo scivoloso dello stradone il Milano-Brema andava a neppure quaranta all'ora, lampeggiando a ogni incrocio, e anche a ogni sospetto od ombra, ma una stupidissima, ridicolissima, folleggiante Volkswagen con dentro un'intera famiglia, padre al volante, madre, due bambini e anche la suocera, uscì d'improvviso da un incrocio tenuto da un semaforo, passando col rosso, e Amanzio Berzaghi che attraversava tranquillo col verde, la vide e non poté fare altro che frenare disperatissimamente, ma non servì a molto: il Milano-Brema schiacciò la Volkswagen e la famiglia che conteneva, come un frantoio di pietra schiaccia le molli olive, e per la frenata il Milano-Brema slittò sul terreno viscido, si mise per traverso la strada, un motociclista che arrivava sparato in quel momento, vi andò contro e si ammazzò, e Amanzio Berzaghi batté col ginocchio contro l'intelaiatura del gigantesco cruscotto, i tendini, la rotula, fasci di muscoli e l'osso si ruppero, come quando si spezza un ramo, ma egli dall'abitacolo aveva visto quel mare di sangue fluire da quello schiaccìo di Volkswagen che fuorusciva da sotto le mastodontiche ruote dell'autotreno, sangue flottante ancora e illuminato dai fari di un'auto e poi di altre auto, arrivate in quel momento e reso fluente, cinematografico sangue per il fluire sempre più rabbioso della pioggia, e alla vista di quel sangue, più che per il dolore al ginocchio spezzato, nel pianto rauco del suo secondo pilota che ululava: « Mamma mia, li abbiamo ammazzati tutti », svenne, e per farlo rinvenire gli avevano dato un bicchierone di kirsch e continuavano a dargliene anche sull'autoambulanza che lo portava all'ospedale, così lui, che mai prima aveva bevuto alcoolici così forti, accontentandosi di un po' di vino ai pasti, da quella volta, ogni volta che gli tornava in mente la strage, ogni volta che si sentiva infelice, angosciato, beveva una grappa. E aveva avuto bisogno di berne tante dopo quell'incidente. Era stato accertato che lui non aveva nessuna colpa e perciò la Gondrand l'aveva ancora tenuto, ma il ginocchio era rotto, miracoli di chirurgia erano riusciti a far sì che potesse camminare quasi normalmente, ma non poteva certo più guidare delle Alfa Milano-Brema e allora l'avevano messo agli uffici dei Trasporti Internazionali in piazza della Repubblica, perché non era soltanto un bravo autista, ma un uomo di una certa istruzione, ed ebbe il suo ufficietto, le sue cartelle piene di matrici, bolle e veline, e aveva preso un piccolo appartamento molto vicino a piazza della Repubblica, in viale Tunisia, così da casa a ufficio — Amanzio Berzaghi disse, con espressione milanese: « da casa a bottega » — erano tre o quattro minuti di strada a piedi.

« Così anche quella mattina sono uscito e sono andato al bar davanti a bere un grappino. » Riflettè un momento. « Doppio, » confessò. La divagazione era terminata, ma era stata molto utile, aveva illuminato la parte umana della storia e Duca aveva preso qualche appunto.

Bevuto il grappino doppio Amanzio Berzaghi era arrivato alla Gondrand alle 8 e 24, trentasei minuti prima dell'orario, era entrato nel suo ufficietto e si era messo a lavorare, doveva controllare le spese che i conducenti dei grossi camion facevano durante i loro viaggi attraverso tutta Europa. Essendo stato pilota lui stesso per tanti anni era, come dicono gli inglesi, *the right man in the right place*, l'uomo giusto al posto giusto, conosceva un poco anche, rudimentalmente, francese, inglese e tedesco e i conducenti non potevano imbrogliarlo presentando bollette di spese già fatte, o falsificate o duplicate.

Alle nove e un quarto aveva telefonato a casa. Donatella Berzaghi aveva risposto subito: « Papà, » con la sua voce greve eppure soave. Rispondeva così perché era solo papà a telefonarle e lui le aveva insegnato che se caso mai avesse telefonato qualcun altro — ma era assai improbabile — non doveva rispondere nulla e doveva deporre subito il ricevitore.

« Come va, Donatella? »

« Sto sbucciando le patate. »

« Stai attenta col coltello. »

« Sì, papà. »

« Ti senti bene? »

« Sì, papà. Quando ho finito di sbucciare le patate le metto nella pentola a bollire. »

« Brava, Donatella. Ti ritelefono fra un poco. »

Amanzio Berzaghi aveva lavorato un'altra ora, alle dieci e un quarto aveva telefonato ancora.

« Papà? »

« Come va Donatella? »

« Ho scopato e spolverato, adesso sto rifacendo i letti, » aveva spiegato Donatella con meticolosità infantile. « Le patate sono cotte e le ho messe a scolare. »

« Brava, Donatella, hai spento il gas? » Poteva anche dimenticarsene, nel suo confuso stato mentale, ed era questo il pericolo che Amanzio Berzaghi paventava di più, ma in quasi un anno lei non se ne era mai dimenticata.

« Sì, papà, ho chiuso anche la chiave grande del contatore, come mi hai detto tu, » sembrava una bambina di sei anni che spiega alla maestra come ha passato la domenica a casa.

« Brava, Donatella, fra un poco vengo a trovarti. »

« Oh sì, papà, » lei aveva detto felice.

Amanzio Berzaghi lavorò ancora mezz'ora, poi uscì. Il direttore, il cavalier Servadio, gli aveva concesso di uscire due volte al giorno, per un quarto d'ora. La mezz'ora di lavoro che perdeva la riguadagnava al mattino andando alle otto e mezza invece che alle nove. Il portiere gli aprì il cancelletto di uscita degli impiegati schiacciando il bottone del comando elettrico e gli sorrise. Lui attraversò zoppicando Piazza della Repubblica, frenandosi impaziente alla fila di semafori, zoppicando imboccò viale Tunisia, il fioraio che era al principio, un giovanotto dagli occhi intelligenti e furbi lo salutò: « Buongiorno signor Berzaghi. » Aveva ordinato a lui le corone per i funerali di sua moglie e di sua cognata, e quando andava al cimitero a vedere le tombe, preferiva prendere da quel fioraio i fiori da portare.

« Buongiorno, » rispose Amanzio Berzaghi, con bonaria, milanese cordialità.

Zoppicando ma facendo lunghi passi arrivò al numero quindici di viale Tunisia, entrò nel piccolo ascensore, arrivò al secondo piano, suonò il campanello tre volte: un colpo corto, uno lungo, uno corto. Quello era il segnale, poi aprì la porta con la chiave: chiunque altro avesse suonato il campanello lei non avrebbe dovuto neppure rispondere. Aveva appena finito di aprire la porta, ci voleva un po' di tempo, la serratura aveva sei mandate, che udì da dietro la porta la voce di lei, la sua bambina.

« Papà! »

« Sono io, Donatella. »

Era entrato e l'aveva abbracciata, lo faceva sempre, come se non la vedesse da mesi, anche se l'aveva vista solo poche ore prima. L'aveva abbracciata e poi aveva eseguito i soliti controlli, finestra per finestra, lucchetto per lucchetto, e il gas. Tutto in ordine, anche la casa era già tutta pulita, sul tavolo in sala da pranzo il mangiadischi andava di continuo. Come sempre egli controllò anche i rubinetti del bagno e del lavello in cucina, una volta lei aveva lasciato aperto appunto il rubinetto del lavello con gli scarichi chiusi, ma non era stato poi un gran male, un po' di acqua in cucina, e lui era accorso subito. Tutto in ordine. Aveva abbracciato Donatella ed era uscito, per tornare alla Gondrand.

« Avevo trovato tutto normale, ma non ero tranquillo, » disse Amanzio Berzaghi, « avevo come un presentimento, non mi sentivo bene... o forse era una scusa per bermi un altro grappino. »

Presentimento o scusa, si bevette un altro grappino, semplice, al bar vicino, tornò alla Gondrand, lavorò quasi un'ora, intorno a mezzogiorno telefonò a casa. Da quasi un anno faceva quelle telefonate a casa e dopo quattro, cinque squilli al massimo, sentiva la bassa, greve eppure soave voce della sua bambina:

« Sì, papà. »

Quella volta non la sentì.

Sentiva soltanto il tuuuuu tuuuuu che si ripeteva ogni pochi secondi, contò dieci, dodici di quei tuuuuu, poi depose il ricevitore per asciugarsi il collo improvvisamente fradicio di sudore. Il telefono dava segnale di libero, ma Donatella non rispondeva. Il sudore asciugato sul collo, cominciava a colargli dalle tempie, era il suo modo di reagire all'angoscia panica che lo torceva.

Stai calmo, se no ti viene un colpo e la povera Donatella rimane sola e la fanno morire in un manicomio. Non può essere successo niente di grave, l'ho lasciata appena un'ora fa, neppure, anche se non ha chiuso il gas, le finestre non sono chiuse completamente dal lucchetto, sono accostate, non può essere morta asfissiata, e se fosse un incendio il portinaio sarebbe già accorso, ha le chiavi. Ho forse sbagliato numero, come l'altra volta.

Era già accaduto una volta, diversi mesi prima, aveva sbagliato nel formare il numero, succede, anche coi numeri più familiari come quello di casa propria e, disgraziatamente, era incappato in un numero al quale non rispondeva nessuno. Poteva essere accaduto così anche questa volta.

La speranza gli ridette un po' di forza. Ricompose il numero, attese, ascoltando cinque, dieci, quindici volte il segnale di libero, ma nessuno rispose e depose il ricevitore.

Posso aver sbagliato ancora, ma sapeva di volersi illudere, *la mano mi trema, non faccio bene i numeri.*

Riformò il numero una, due, tre volte, ma nessuno

rispondeva. Si alzò vacillante e dentro quel convulso di angoscia. Uscì zoppicando più forte perché voleva camminare più in fretta, il portinaio prima di aprirgli il cancelletto gli disse: « È successo qualche cosa? »

« Mia figlia non risponde al telefono, » rispose lui.

Tutti conoscevano alla Gondrand il suo calvario, qualcuno si era anche offerto di mandare a casa di lui, a sorvegliare Donatella, la propria moglie, o sorella, o figlia, ma Amanzio Berzaghi aveva sempre gentilmente rifiutato, non per orgoglio, ma per varie ragioni pratiche che lui sentiva molto da pratico milanese quale era. Era inutile sfruttare la generosità di quelle offerte, per una volta o due. A lui occorreva una sorveglianza continuata e regolare per Donatella, e questa avevano potuto dargliela solo sua moglie e sua cognata. Per un estraneo poi, il lavoro di sorvegliare Donatella era ingrato e pesante per la noia: Donatella, come una bambina, continuava a fare domande se qualcuno le era vicino, voleva parlare e bisognava continuare a parlarle, e questo per tutto il lungo giorno: una madre, una zia, un padre potevano accettare questo sacrificio, ma un estraneo, dopo qualche giorno non avrebbe resistito più.

« Ma come mai? » disse istintivamente e ingenuamente il portiere schiacciando il bottone che apriva il cancelletto, poi si controllò, « vedrà che non è niente, forse è guasto il telefono. »

Amanzio Berzaghi non rispose, corse fuori zoppicando, attraversò piazza della Repubblica, strinse i pugni davanti ai semafori rossi, il secondo incrocio della piazza lo superò col rosso, zoppicando agitò la mano alle macchine che gli venivano addosso, come a dire di compatire, lui che era un ex pilota dei Milano-Brema lo sapeva che cosa voleva dire un pedone che attraversa col rosso, non si spaventò dello stridere agghiacciante di una frenata alla sua destra, né del muso della Citroën a due centimetri da lui, forse non udì e non vide neppure, tenendosi una mano sulla gamba dal ginocchio raccomodato per zoppicare meno vistosamente, arrivò in viale Tunisia 15, si buttò dentro l'ascensore, ansando si asciugò il sudore che sentiva colare anche per le spalle, uscì dalla cabina dell'ascensore già con le chiavi in mano, stringendo i denti suonò i tre colpi di campanello, uno corto, uno lungo, uno corto, aprendo la porta si accorse di quanto gli tremava la mano e quando l'ebbe aperta vide che Donatella non era lì dietro la porta, ad attenderlo appena uditi i tre colpi di campanello, e quindi non gli diceva « Oh, papà! » e quindi lui non poteva abbracciarla.

Si buttò nell'appartamento, allora, frugandolo nervosamente come nervosamente si fruga in un cassetto cercando all'ultimo momento qualche cosa. Donatella non c'era, in nessuna stanza, tutti i lucchetti erano a posto, tutte le finestre chiuse, chiuso il contatore del gas, sui fornelli c'era la pentola con l'acqua da far bollire, e sul tavolo di cucina c'era un piatto con le conchigliette da far cuocere, un altro piatto con del formaggio già grattugiato e il pacchetto del sale. Ogni stanza era in ordine, così come l'aveva lasciata un'ora prima, non c'era nessun segno che fosse accaduto qualche cosa di violento, o di improvviso, una sedia rovesciata, un vaso di fiori rovesciato, anche il mangiadischi era al solito posto dove Donatella lo teneva: sul divanetto davanti al televisore e dalla fessura usciva ancora il disco che preferiva, « Giuseppe in Pennsylvania » era cantata da Gigliola Cinquetti, che anche lui canterellava in ufficio, avendola sentita infinite volte « Giuseppe, in Pennsylvania cosa fai? », non un vetro infranto, non una porta era malamente spalancata.

Amanzio Berzaghi, nei tremiti di follia della sua angoscia, cercò sua figlia Donatella anche sotto il letto, i divani, dentro gli armadi, dove ovviamente per la sua mole, lei non avrebbe potuto nascondersi, poi sedette svuotato sul letto, a pensare e ad asciugarsi il sudore. Era più che divenire pazzo. Non solo sua figlia non c'era, ma non c'era nessun segno della sua inverosimile scomparsa, tutto era chiuso, la porta con la serratura a sei mandate, le finestre ciascuna col suo lucchetto ai vetri e alle tapparelle, niente era stato toccato, forzato, portato via, neppure cambiato di posto. Sembrava un sortilegio, Donatella si era vanificata, solo un'ora prima era lì, e adesso, pur con finestre e porte chiuse, e nessuna possibilità di uscire, non c'era più.

4

Il commissario di zona aveva subito e facilmente stabilito che non si trattava di sortilegio o incantesimo. C'era una sola spiegazione, benché induttiva, a quella scomparsa. Qualcuno, al corrente perfettamente delle cose, aveva forzato la serratura, forse aveva suonato anche i tre colpi di campanello, ed era entrato nell'appartamento. Forse doveva essere un bel giovane e Donatella non gli aveva certo offerto resistenza, lo aveva docilmente seguito. Il rapitore doveva aver calcolato tutto, anche il modo di uscire dal portone senza essere visto dal portiere e senza incuriosire la gente portandosi appresso una così ingombrante, vistosa, svagata donna. E scopo di questo rapimento, non poteva essere che uno. Non il ricatto, Amanzio Berzaghi era un modesto impiegato della Gondrand e non avrebbe mai avuto denaro per pagare un ricatto. Non vendetta, perché né Amanzio Berzaghi aveva nemici, anzi tutti coloro che lo conoscevano erano commossi dalla sua penosa storia, né tanto meno aveva nemici o poteva averne una reclusa come Donatella. Scopo del rapimento, quindi, data anche la bellezza e l'imponenza fisica della ragazza, poteva essere uno solo: sfruttamento e prostituzione. Donatella Berzaghi era stata rapita da qualcuno perfettamente al corrente di tutta la situazione, e dello stato mentale di lei, e di ogni abitudine della sua giornata, per essere portata in qualche ospitale casa e offerta a clienti facoltosi amanti anche di minorate mentali purché belle e ninfomani.

Il valente funzionario del commissariato di zona vide possibile solo questa traccia e la seguì in due direzioni: nella prima setacciò tutti gli inquilini di viale Tunisia 15. Per conoscere così bene la strada, per arrivare a rapire in quel modo Donatella Berzaghi, bisognava essere qualcuno « vicino » a suo padre, alla famiglia insomma. Forse un vicino di casa. Ma i vari interrogatori non avevano dato alcun risultato, gli inquilini dello stabile erano tutti professionisti, impiegati, pensionati, sembrava difficile potessero avere un legame con un rapimento del genere. Il più sospettato era stato il portinaio. A lui Amanzio Berzaghi aveva affidato il doppio delle chiavi per aprire la porta dell'appartamento in caso di incendio o altro pericolo, e siccome chi aveva rapito la ragazza aveva dovuto farla uscire dal portone, poteva essere sospetto il fatto che lui dichiarasse di non averla vista uscire. Ma dopo averlo interrogato varie volte, per ore e ore, il commissario di zona si era convinto che il portinaio non c'entrava, per lo meno così aveva scritto nel suo rapporto.

La seconda direzione di indagini che il funzionario

aveva seguito commosso dalla disperazione irrefrenabile di Amanzio Berzaghi era stata quella che portava nel mondo degli approfittatori della prostituzione, delle case di appuntamento, ma questo mondo è talmente vasto, ramificato variamente, complesso, che la sparuta squadretta antivizio del funzionario dopo mesi e mesi non aveva trovato nulla, cioè non aveva arato che la centesima parte dell'illimitato campo dello sfruttamento, ed era tutt'altro che improbabile che Donatella fosse stata portata fuori d'Italia — nel Sud America, o nel medio oriente voglioso di donne bianche — rendendo così ancora più smisurato e galattico il territorio del vizio in cui cercare la ragazza.

Naturalmente la squadra del Buon Costume si era rivolta anche all'Interpol, le questure delle principali città d'Italia avevano il loro fogliuzzo — Comunicazione per Ricerca di persona scomparsa, fonogramma n. 658/h, oppure 329/b — che era stato messo insieme con tutti gli altri fogliuzzi delle Comunicazioni per Ricerca di, eccetera, insieme con la fotocopia della fotografia della persona scomparsa, e se un agente incontrava questa persona scomparsa, del tutto casualmente, era già bravo se si ricordava della foto della scomparsa vista insieme coi fogliuzzi, riconosceva la persona scomparsa e diceva: « Ecco, l'ho trovata. » Ma mettersi a cercarla, no, e dove avrebbe trovato il tempo? Neppure se la giornata fosse stata di quarantotto ore. Con la civiltà di massa viene fuori anche la criminalità di massa. Oggi la polizia non può più ricercare un singolo delinquente, indagare su un singolo caso, oggi si fanno dei rastrellamenti con le reti a strascico dei vari nuclei di polizia, nucleo antidroga, nucleo antitratta delle bianche e negre e gialle, nucleo antirapina, antifalsari, antigiocodazzardo, si pesca nel lutulento mare dei ladri, dei pappa, degli spacciatori di droga e perfino delle taccheggiatrici ai supermercati, e tirata la rete in secco, s'interroga il pesce, piccolo o grosso che vi si trova, così si trovava il pesciolino che confessava di aver rubato una Mercedes grigia a Rimini, a un tedesco, il signor Ludwig Hattermeier, che aveva denunciato il furto il quattro agosto; ma si poteva trovare anche il grosso pesce di uno venuto dal sud che stava impiantando nell'ubertosa Milano una sezione « Cosa nostra » per l'Alta Italia e gli si stroncava a metà l'impianto e lo si induceva a dire, con le buone o quasi, anche il nome di qualche complice o capo. È con queste scientifiche, razionali, ostinate e instancabili retate a strascico che la polizia di tutto il mondo riesce a tenere sotto controllo quello che viene chiamato negli Stati Uniti il Quoziente Delinquenziale, sempre in continuo aumento, in ogni paese, il Q.D.

Evidentemente, nelle centinaia di rastrellamenti eseguiti in tutta Italia da oltre cinque mesi, cioè da quando era scomparsa Donatella Berzaghi, nella rete a strascico non era stato trovato nessun pesce né piccolo né grande, legato in qualche modo alla scomparsa della ragazza, come rapitore, come complice, o semplicemente a conoscenza del ratto, o come tenutario di bordello privato, o come cameriera di detto bordello; e neppure dall'Interpol, da nessuna capitale d'Europa, era venuta alcuna nuova, nessuna ragazza alta quasi due metri e pesante quasi un quintale era stata trovata, né a Marsiglia, né ad Amburgo, né era stato pescato qualcuno che sapesse qualcosa su di lei.

Per oltre cinque mesi il povero padre Amanzio Berzaghi aveva bussato alla porta dell'ufficio del povero sovraccarico commissario di zona chiedendo notizie della figlia, e per oltre cinque mesi la risposta era stata sempre quella: « Mi dispiace, signor Berzaghi, ma non abbiamo trovato ancora nulla. »

La risposta di Duca Lamberti fu diversa. Aprì la porta al disfatto padre dai sempre umidi occhi dopo il lungo colloquio e lo fissò in quegli occhi brucianti di dolore, cotti nel dolore di più di cinque mesi di agonica attesa e disse: « Ricomincerò le indagini dal principio, io personalmente, le assicuro che sarà fatto tutto il possibile per ritrovare sua figlia, e, » aggiunse perché quell'uomo potesse trovare la forza di resistere ancora all'attesa, « e che la ritroveremo. »

Poi Duca Lamberti chiuse la porta alle spalle del vecchio. Avrebbe forse ucciso qualcuno, pur di ritrovare la figlia a quell'uomo. Non dovette fare molto, né lavorare a lungo, fece appena in tempo, in poco più di una settimana, a consultare tutti i dossier relativi alla scomparsa di Donatella Berzaghi, locali, nazionali e anche quelli dell'Interpol, poi Donatella Berzaghi venne trovata così, d'improvviso.

5

Mascaranti guidava, vicino a lui stava Duca Lamberti, la grossa Alfa andava piano, nell'ancor tiepida sera dei primi di ottobre, il cielo era stellato su una Milano che non aveva alcun segno di autunno, né vento, né umido, né cadere di foglie dai pochi alberi che la rivestono, poteva sembrare una freschina serata di agosto, anche per la totale e incredibile limpidezza dell'atmosfera senza neppure il sentore della nebbia. Le strade alle dieci e mezzo erano quasi deserte, l'Alfa percorse in tutta la sua lunghezza piazza della Repubblica, nella sua oscura vastità sahariana, Duca, nella tasca della giacca aveva, avvolta nell'ovatta, una siringa già pronta, piena di Mixopan: non doveva far altro che iniettare, teneva la mano sulla tasca come per assicurarsi che la siringa fosse sempre lì, e guardava piazza della Repubblica quasi vuota, e poi viale Tunisia vuoto anch'esso, finché l'auto non fermò, davanti al numero 15 di viale Tunisia.

Sul portone Amanzio Berzaghi, già avvisato per telefono, attendeva. Duca Lamberti scese. Il vecchio tremava, tremava visibilmente, l'occhio vago di terrore convulso.

« Che cosa è successo? » farfugliò il vecchio.

« Sua figlia è... » disse Duca.

Il vecchio lo interruppe, farfugliò ancora convulso qualche cosa, non si capiva bene che cosa volesse dire, non lo si udiva neppure, perché la voce era bassa, come lui temesse di rompere il silenzio e la pace di quel viale Tunisia così improbabilmente silente e pacifico quella sera, ma tra le sfilacciature delle parole Duca credette di riconoscere: « Voglio vederla subito, dov'è? Dov'è? »

« Sì, certo, » rispose Duca sostenendolo per un braccio, « andiamo su a casa sua, un momento, a parlare. »

Amanzio Berzaghi alzò gli occhi verso di lui, erano pieni di fede in lui, di gioia per la figlia ritrovata, eppure di terrore. « C'è qualche cosa di brutto? » disse.

« Andiamo di sopra, ho bisogno di parlarle, » disse Duca.

Il vecchio annuì, il portone era già aperto, lo aprì ancora di più, fece passare lui e Mascaranti, poi richiuse il portone. « L'ascensore è un po' piccolo, » disse il vecchio ancora con quella voce confusa.

Era davvero piccolo, ci stavano appena in tre, viso

a viso, e mentre l'ascensore saliva, d'improvviso Amanzio Berzaghi gridò, con voce non molto alta, e non più confusa, ma nettissima: « Che cosa è successo? È morta? Se non fosse morta non verreste qui a quest'ora. »

L'ascensore fermò, il vecchio stava con le spalle davanti alle portine, ma non le aprì, nell'ascensore fermo disse, ripeté nettamente e meccanicamente: « È morta? Se non fosse morta non verreste qui così, a quest'ora. »

Duca palpò la tasca della giacca con dentro la siringa dell'iniezione. È molto duro essere un poliziotto. « Sì, è morta. » Anche lui parlò distintamente, perché il vecchio capisse subito, senza possibilità di dubbio.

Nell'ascensore fermo il vecchio, avendo distintamente udito la frase, e compreso il suo significato, cioè la morte di sua figlia, si rese solo allora conto che l'ascensore era fermo, si spostò e aprì le portine: « Scusate, » disse, urtando Duca e Mascaranti, andò ad aprire la porta, la mano divenuta improvvisamente ferma, rigida, dopo il convulso tremito di prima, come se la notizia della morte di sua figlia gli avesse ridato il controllo di se stesso e le forze fisiche e morali, prima languenti nella tragica incertezza. Ora almeno sapeva. « Entrate, » disse, aprendo la porta dell'appartamento, con un tono ancora diverso da quello di prima, come venisse da un registratore, ecco, o da una radio a transistori dalla voce lacerosa. Duca e Mascaranti entrarono nel piccolo appartamento. Duca vedendo vacillare Amanzio Berzaghi, istintivamente lo prese per il braccio per sostenerlo.

« Grazie, » disse il vecchio liberandosi, con garbo ma con fermezza, da quel non richiesto aiuto. Accese tutte le luci della piccola sala. « Accomodatevi. » Indicò il divanetto a Duca e a Mascaranti e lui sedette su una poltroncina. Sul tavolino rotondo tra le poltroncine e il divano c'era un mangiadischi rosso, con dentro ancora un disco, era quello, sempre quello, da oltre cinque mesi, Amanzio Berzaghi non l'aveva toccato, da quella mattina in cui era scomparsa sua figlia, era « Giuseppe in Pennsylvania » cantato da Gigliola Cinquetti.

« Voglio vederla anche se è morta, voglio vederla subito, » disse Amanzio Berzaghi, con quella voce lacerosa che diveniva sempre più bassa e impersonale, come davvero proveniente da un robot, da un meccanico aggeggio con più nulla di umano.

« Certo, siamo venuti per questo, » disse Duca, « ma prima devo parlarle. »

Il robot disse, attraverso il suo cespuglioso viso bianco grigio: « Parli, » con un tono più di comando che di esortazione.

Duca Lamberti si passò ancora una volta la mano sulla tasca della giacca destra dove aveva la siringa già piena di Mixopan, osservò la macchia rossa del rosso mangiadischi, scivolò rapido sul viso del vecchio, analizzò ancora più rapido l'arredamento della sala, un buon tentativo di ottocento alla portata di tutte le borse, poi cominciò a parlare.

6

« Ieri mattina sua figlia, sulla strada vecchia per Lodi, » cominciò a dire Duca Lamberti.

Niente è facile da dire, neppure « buongiorno », ma ciò che lui doveva dire — dire al padre la morte della figlia — era al di là di ogni limite di difficoltà, anche per i particolari di questa morte, particolari di cui lui doveva assolutamente parlare al padre, assolutamente per legge, pure cominciò a dirlo, cercando di usare un vocabolario, dei termini, della fraseologia e della sintattica attutita in modo che la « cosa » — se possibile, ma era poco probabile, questa possibilità — risultasse meno orrida di quanto estremamente orrida era.

« Ieri mattina, sua figlia, sulla strada vecchia per Lodi, » disse Duca, ripeté, e s'inoltrò nella sanguinosa storia.

La mattina prima sulla strada vecchia per Lodi, che era in fondo la storica via Emilia, verso le sette, auto e camion passavano come sempre, il giorno era sereno, limpido, neppure freddino, i contadini già girellavano per i campi, un trattore manovrava in una cascina vicino a Muzzano e se ne sentiva un giocastroso rombo che s'allontanava nella vastità di quella pianura. E sui cigli della strada, a destra e a sinistra della vetusta via Emilia trafiggente la pianura padana, ogni tanto già si accendeva un focherello di erbacce, fradiciumi, stoppie che i contadini appunto accendevano per pulire il loro campo, e i focherelli mai si accendevano ma fumigavano, a volte densamente, a volte con spiacevole odore, e in qualche caso il fumo di quei bruciamenti invadeva quella che i poliziotti in casco bianco definiscono la « sede stradale » e le auto e i camion, passando, avevano la sensazione di passare come attraverso un incendio, il fumo di un incendio, aspirando anche per un breve tratto il sentore, più o meno piacevole, di quel bruciamento di sterpi.

Qualche camionista, e altri guidatori, notarono, attraversando una di queste nuvole di fumo, che il bruciaticcio aveva un odore particolarmente spiacevole e insolito, non sapeva né di buona sterpaglia d'autunno, né di letame, né di qualche detrito estraneo, come un vecchio copertone, un trancio di gomma di bicicletta, ma aveva invece un disgustoso, dolciastro aroma, ma le auto, cioè i loro guidatori, pur percependo quel foresto odore disgustoso, attraversata la nuvola di fumo, non lo percepivano più e quindi se ne disinteressavano, ma un contadino che incrociava lì, con un fucile, in cerca del suo proprio gatto che si era arrabbiato e che lui doveva uccidere perché stava appostato nei dintorni della cascina e saltava soffiando bavosamente attorno ai suoi nipotini, o alle galline, tentando di enucleare gli occhi sia ai primi che alle seconde, e lui, da contadino adusato a vivere anche con l'olfatto, col fucile bilanciato e dondolante sulla spalla percepì d'un tratto quell'odore, e vide la grossa fumata sul ciglio della vecchia via Emilia, ai limiti del suo campo privato e personale, e seguendo l'odore di cui metro per metro, incredulo, ne riconosceva l'origine, arrivò davanti al fumigante covone che emanava quel tetro, assurdo lezzo, e nella fumiggine che saliva da quel blando rogo, vide una grande, grande, grande, grande mano che usciva dalle stoppie e dai detriti che bruciavano lentamente, una mano dalle lunghe unghie laccate e quindi di donna, di un rosso collegiale, infantile e, benché rozzo contadino dell'alto lodigiano, comprendendo perfettamente la natura della cosa che stava osservando, ebbe un conato di disgusto, poi col fucile traballante sulla spalla s'inerpicò sullo stradone, agitò tutt'e due le braccia alla prima auto che sopravveniva e la costrinse col suo disperato agitare delle mani a fermarsi, e reprimendo i conati di vomito cercò di spiegare al conducente: « C'è una donna che brucia lì sotto, andate subito alla polizia... »

Dovette ripetere, nel fondo, rauco dialetto lodigiano la sua frase, nel fumo che saliva dalla strada, col suo intollerabile lezzo, « c'è una donna che brucia lì sotto, andate subito alla polizia, » mentre l'uomo che era al volante, pur avendo udito nitidamente la frase, guardava il contadino con un acuto sguardo di incredulità, pensando di essere preso in giro da un macabro volgarissimo scherzo, o da un ubriaco allucinato, e da irritazione per essere stato fermato, lui che era già in ritardo.

« Ho visto la mano, viene fuori da lì, ha le unghie rosse, è una donna, brucia lì sotto, » continuò a dire il contadino nel suo fondo dialetto lodigiano che tentava di italianizzare come meglio poteva per farsi capire. Allora l'uomo che era al volante capì che ciò che il contadino diceva era veramente, verissimamente vero, immaginò, oltre la cortina di fumo di cui ora percepiva il sinistro sentore, quella mano dalle unghie laccate che usciva dal covone fumigante e sentì anche lui, come il contadino, il gelido prurito al fondo dello stomaco e disse improvvisamente tossicoloso: « Vado subito, vado subito », rimise in moto l'auto con un sobbalzo, schiacciando troppo l'acceleratore e staccando troppo presto la frizione.

I carabinieri di Muzzano erano arrivati subito, poi era arrivato lo speciale furgone da Milano, con la speciale squadra in tuta impermeabile. All'obitorio i medici avevano stabilito, ma con non troppa sicurezza, che la morte della donna risaliva alla sera prima, verso mezzanotte, che la donna bruciava almeno dalle cinque del mattino, se non da prima. I medici stabilirono con sicurezza solo tre cose: la donna prima di essere messa nel fumigante covone era stata colpita selvaggiamente in viso, evidentemente per impedirne il riconoscimento, e il lento fuoco aveva compiuto quest'opera di totale sfiguramento. La seconda cosa sicura era: la donna era alta quasi un metro e novantacinque centimetri, e doveva certamente pesare, fatte tutte le detrazioni per il calo di peso dovuto alle spaventose circostanze della sua morte, non meno di novantacinque chili.

Erano questi due ultimi i soli dati per poter pensare che la morta fosse Donatella Berzaghi. Donatella Berzaghi non era l'unica donna italiana alta un metro e novantacinque e del peso di novantacinque chili, ma era l'unica donna con questi dati somatici che fosse misteriosamente scomparsa di casa.

Duca Lamberti era sicuro, assolutamente, che la morta fosse Donatella Berzaghi e lo aveva detto al padre, in ascensore: « Sì, sua figlia è morta, » ma per la legge occorreva un riconoscimento ufficiale, occorreva qualcuno che osservasse la torturata spoglia e affermasse che in base ai particolari a, b, c, d, riscontrati su quella spoglia lui riconosceva e giurava di riconoscere che quella spoglia era la spoglia di Donatella Berzaghi.

Senza questa « pratica », la spoglia veniva legalmente registrata come cadavere di ignoto, e non si poteva cercare l'assassino di Donatella Berzaghi se non si sapeva che lei era stata assassinata, perché, finché non si avevano le prove della sua morte, Donatella Berzaghi per legge era sempre viva.

L'unico uomo al mondo che poteva riconoscere se la pietosa salma all'obitorio di Milano era quella di sua figlia, Donatella Berzaghi, era il padre, Amanzio Berzaghi, e poteva anche giurarlo, se avesse potuto riconoscerla.

Era venuto lì, in viale Tunisia, per svolgere il più feroce, disgustoso, rivoltante compito che un poliziotto debba svolgere: invitare un padre a riconoscere il cadavere tormentato di sua figlia sul tavolo di marmo di un obitorio. E lo aveva svolto, aveva fatto il sadico invito.

« Certo, vengo subito, » disse Amanzio Berzaghi, « andiamo subito, » voleva dire « andiamo subito all'obitorio », appoggiò le mani sui modesti braccioli della modesta poltrona, nel tentativo di alzarsi, ma — per quanto la sintattica di Duca Lamberti nel raccontargli la storia della morte di sua figlia, fosse stata sfuggente da ogni particolare e precisione, e ogni aggettivo cauto, anzi ipocrita, e le descrizioni solo quelle indispensabili, per non gettare nella pazzia folgorante il padre che ascoltava quella storia — il tentativo di alzarsi del vecchio riuscì a metà, e invece di alzarsi sarebbe caduto a faccia avanti se Duca Lamberti, che osservava dal principio il viso del padre decolorantesi mortalmente man mano che lui gli raccontava la storia della figlia, e che aveva preveduto l'evento, non lo avesse fermato, e preso in braccio, esattamente come un bambino che si prende in braccio per portarlo a fare la nanna.

« Mascaranti, cercami la camera da letto, » disse.

Mascaranti si agitò per il non vasto appartamento e trovò subito una delle camere, era indubitabilmente quella di Donatella Berzaghi, il letto divano disseminato di bambole, una grandissima, tutte con lunghi, fastosi abiti da principessa Biancaneve.

« Non questa, se quando rinviene si ritrova in mezzo a tutte quelle bambole di sua figlia, mi muore un'altra volta, » disse Duca, « ci sarà la stanza di lui. »

C'era, lì accanto. Duca depose il vecchio sul letto, lo strinse al polso, il polso del vecchio stava cedendo, prese la siringa dalla tasca, gli tirò su la manica del pullover e quella della camicia, scoprendogli il braccio, spinse l'ago della siringa in una zona muscolosa del braccio, meno cespugliosa di peli grigi e iniettò lentamente tutto il Mixopan che conteneva, poi riavvolse la siringa vuota nell'ovatta umida di alcool e se la rimise in tasca, poi allentò la cravatta che il vecchio aveva al collo duramente annodata, slacciò il colletto della camicia, gli allentò la cintura dei calzoni, e riprese tra le sue dita il polso, era naturalmente molto debole come prima. Disse a Mascaranti: « Cerca in cucina se c'è della grappa, o qualche altro liquore forte. » Mascaranti corse via, Duca sentì quasi subito nel silenzio della notte il sommesso sbattere di sportelli aperti e chiusi da Mascaranti che cercava la grappa. Guardò il vecchio, sempre tenendogli il polso tra le dita: il vecchio stava sul letto, immobile e molle, come sfasciato tutto dentro; gli occhi sprangati, evidentemente non morto né morente, ma evidentemente distrutto come una radio dai transistori bruciati, apparentemente intatta eppure irrimediabilmente muta.

Guardandolo Duca sentì che desiderava ancora uccidere l'uomo o gli uomini che avevano ucciso la figlia di quel vecchio, fossero stati anche dieci, venti, una voglia impellente di eliminazione fisica dei repulsivi individui che avevano commesso quell'orrendo delitto.

« Non c'è grappa, c'è solo vino, » disse Mascaranti tornando.

Duca scosse il capo, il vino non serviva. Amanzio Berzaghi, per limitare il suo peccato di bere un po' di grappa, non ne teneva in casa, così che ogni volta che voleva berne, doveva uscire.

« Non fa niente, » disse Duca. A poco a poco sentiva il polso del vecchio riprendere sotto l'effetto del Mixopan. Cercava di non immaginare l'impressione che può fare a un padre che ama morbosamente la figlia minorata, il sentirsi raccontare che la figlia è stata uccisa e bruciata in un covone di sterpaglie, ma la mente viaggiava lo stesso masochisticamente verso quello che doveva aver provato e che doveva ancora provare il povero vecchio.

« Brigadiere... »

La voce venne come da un pozzo di dolore, fece volgere d'improvviso Duca che stava per dire a Mascaranti di andare a comprare una bottiglia di grappa, e Duca vide che il vecchio aveva aperto gli occhi, sotto la folta siepe delle sopracciglia, nella profondità della profonda cavità orbitale erano un lucore buio, fisso come le ore verniciate di fosforo di una grossa sveglia.

« Non è niente, è stato solo uno svenimento, » disse Duca, sapeva che il vecchio aveva paura di un infarto.

Amanzio Berzaghi lo fissava, continuò a fissarlo per lunghi secondi, poi disse: « Sto bene, brigadiere, » con quella sua voce raschiante, soffiante, da giradischi usato, « possiamo andare », e intendeva dire: « possiamo andare all'obitorio a riconoscere mia figlia », e appoggiò un braccio sul letto nell'atto di risollevarsi, ma Duca lo costrinse a stare ancora disteso.

« Aspetti un momento, » gli disse.

« Voglio andare subito, » disse il vecchio.

« Sì, certo, » disse Duca, « ma prima devo parlarle. » Il Mixopan è un rianimante ad azione anche psicogena, dà netta lucidità mentale, perché è stato notato che nei casi di depressione o collasso, un immediato e forte potenziamento delle capacità psichiche aiuta il ripristino delle normali attività vitali: guidato da una mente lucida, efficiente, il corpo viene più rapidamente trainato verso la normalità.

Gli occhi del vecchio, con quella sorda luce di fosforo, quasi con un cambiamento di sordità in quella luce, accennarono di sì, che lui avrebbe ascoltato. Per cortesia, però.

« Lei non è obbligato a venire all'obitorio a riconoscere sua figlia, » disse Duca, « lei può rifiutarsi. »

« Io voglio rivedere mia figlia, » disse Amanzio Berzaghi, lucidissimo e forte sotto l'effetto del Mixopan.

« Cerchi di capire, » disse Duca. Sempre avvolgendo ogni parola in uno spesso strato di ovatta, per diminuirne l'orrore e la sanguinosità, sollecitò il vecchio a comprendere che non si trattava più di « rivedere sua figlia », che Donatella Berzaghi era stata malamente uccisa e sfigurata in tutto il corpo, forse a colpi di pietra, e per impedirne poi definitivamente il riconoscimento era stata infine in quel disumano modo trattata, finché il contadino che cercava con lo schioppo il gatto arrabbiato da ammazzare non l'aveva ritrovata, per la mano dalle unghie laccate, nel fumigare del covone.

« Lei non è obbligato a venire all'obitorio, » disse Duca. « La legge non lo costringe a riconoscere sua figlia in quelle condizioni. Mi rilasci una dichiarazione che rifiuta di eseguire il riconoscimento e la burocrazia sarà soddisfatta. » Strinse i denti per il furore. « Troveremo lo stesso l'assassino di sua figlia, anche se lei non la riconoscerà, e lo puniremo. »

« Io voglio vedere mia figlia, » disse Amanzio Berzaghi. Il Mixopan cominciava ad agire in pieno, si alzò, con fluente energia, come giovane sportivo che esegue una flessione. « Andiamo, » disse.

Adesso erano tutti e tre in piedi, Amanzio Berzaghi, Duca Lamberti e Mascaranti. Il vecchio aveva ripreso sotto la pelle bianca un suo vitale colore animale e chimico dato dall'iniezione e stava ben eretto e irremovibilmente deciso.

« Va bene, » disse Duca. Disse ancora: « Grazie. »

L'obitorio sembrò straordinariamente vicino a Duca e a Mascaranti, ma forse non al vecchio che stava dietro, nell'auto, sempre ben eretto, e che discese con loro nel buio dello slargo davanti al palazzetto d'angolo, entrò con loro quando l'inserviente di turno venne ad aprire, fra loro discese nel sotterraneo, insieme anche col medico, svegliato d'improvviso dal suo mezzo sonno in poltrona, in maniche di camicia, e con loro percorse il corridoio con le celle frigorifere che vi si aprivano, finché l'inserviente che era a capofila non si fermò e aprì una delle celle.

Duca tenne per un braccio il vecchio che tendeva a entrare subito per quello che lui chiamava rivedere sua figlia, e lo fermò dietro la porta. Lui aveva visto e sapeva quello che voleva dire vedere. « Lasci stare, torniamo a casa, » disse a Amanzio Berzaghi, « non ha nessuna importanza che lei la riconosca o no, lasci stare, andiamo, » quasi implorava.

Amanzio Berzaghi entrò invece nella cella frigorifera, vi era la solita luce raso pazzia, agli orli della pazzia, tanto lividamente accecava. Duca stette subito dietro di lui e lo tenne ancora per un braccio, il medico guardò Duca e Duca gli fece cenno di sì e allora il medico aiutato dall'inserviente sollevò il telo di gomma grigio rossastro. Tutti guardarono, per primo il vecchio. Duca aveva già visto, qualche ora prima, ma adesso, tenendo forte il braccio del padre di quella spoglia che era esposta sul tavolo refrigerato, riguardava anche lui, nel silenzio abbagliante per l'abbagliante luce che scrosciava dall'alto, la spoglia che un giorno, fino al giorno prima, era stata Donatella Berzaghi.

E toccava a lui parlare, lui, Duca Lamberti.

« Vuole uscire? » disse al vecchio.

Amanzio Berzaghi disse: « No », e quel no, Duca lo comprese, non proveniva tanto dall'impulso dato dal Mixopan, quanto da un'interna, inflessibile, incomprimibile volontà di rivedere sua figlia, pur se in quelle misere condizioni che lontanavano perfino la rassomiglianza con un essere umano esclusa la mano destra, non bruciata, ancora chiara e umana per quelle unghie laccate di un rosa sentimentale 1909, anteprima guerra mondiale, rimaste salve, con le dita bianche indenni dal fuoco, in tutta la loro femminea bianchezza. E nell'abbagliante, fluorescente silenzio delle lampade fluorescenti, il vecchio aggiunse: « È il suo rosa, c'è anche a casa, in bagno, il bottiglino con la vernicetta di quel colore, » disse vernicetta invece di lacca, parlava ansimando, ma parlava preciso, lucidamente esplicativo e senza nessun tremito nella voce, « anche il piede, guardate, ha il dito grosso con quella vernicetta sull'unghia, il piede destro, ecco, lì, » allungò la mano e toccò l'alluce del piede destro della figlia, che, un poco come la mano destra, per i misteri del fuoco, non era stato toccato dal fuoco, ed emergeva anch'esso nella sua bianchezza con quel rosa Eleonora Duse sull'unghia. « È il suo colore, c'è il bottiglino nel bagno, » ripeté.

« Riconosce sua figlia? » disse Duca.

Il vecchio accennò di sì. « È lei, anche se non ci fosse quel rosa delle unghie, lo vedo che è lei. » Lo vedeva certo dalla mole della spoglia, ma lo vedeva soprattutto con la sua paterna sensibilità che gli permetteva di riconoscere in quel non riconoscibile resto, sua figlia, e di sentire che era proprio lei. « La spalla, l'osso della spalla veniva un po' fuori, eccolo lì. »

Il fuoco non aveva potuto sfigurare la sporgenza delle scapole, grandi in quel grande corpo per il femminile arcuato delle spalle.

In piedi, eretto, sostenuto anche, certo, dal Mixopan, ma anche da qualche segreto, inflessibile impulso,

Amanzio Berzaghi disse ancora: « Il piede sinistro, anche quel segno, » indicò, « è una caduta da bambina, sembrava dovesse rimanere zoppa tutta la vita, invece un bravo chirurgo l'ha raccomodata. »

Duca fece segno all'inserviente di ricoprire la spoglia. « Venga, » disse al vecchio. Con una certa sorda resistenza fisica Amanzio Berzaghi si lasciò portare fuori. Nell'ufficio dell'assonnato medico firmò il verbale di riconoscimento: la spoglia della cella frigorifero numero 5 era stata identificata dal padre Amanzio Berzaghi, quale spoglia di sua figlia Donatella Berzaghi, in base ai qui sotto descritti dati anatomici e particolari somatici, e seguiva la descrizione di quei dati anatomici e di quei particolari che avevano condotto al riconoscimento, la lacca rosa delle unghie, la cicatrice al piede, e il resto. Poi Duca, sempre tenendo per un braccio Amanzio Berzaghi uscì dalla cadaverica palazzina insieme con Mascaranti, risalirono in auto, Mascaranti al volante, Duca vicino a lui, Amanzio Berzaghi dietro. Rigidi tutti e tre, in un silenzio di ghiaccio — di frigorifero d'obitorio — ritornarono in viale Tunisia 15. Ridiscesero tutti e tre, rigidamente, il vecchio aprì il portone, Duca prese dal taschino della giacca una bustina, come quelle dei bar che contengono zucchero.

« Se non riesce a dormire, qui ci sono due pastiglie. »

« Grazie, » disse il vecchio prendendola.

« Signor Berzaghi, » disse Duca a voce molto bassa. « Lei deve vivere, lei può aiutare le nostre indagini. »

« Lei pensa che io voglia uccidermi? » la voce del vecchio raspignò un poco più alta — era esattamente questa la preoccupazione di Duca Lamberti — poi si abbassò. « Voglio vivere fino al giorno in cui non avrete ritrovato l'assassino di mia figlia, » la voce esalava rauca, stridente dal volto cespuglioso, e soprattutto da quegli occhi affondati nel viso come braci verdi in una maschera di cenere. « E se lo ritroverete fra mille anni, io vivrò ancora mille anni, aspetterò mille anni a morire, per vedere in faccia questo assassino. »

Amanzio Berzaghi entrò nel portone, scomparve oltre i vetri bui del portone. Duca accennò di sì, a se stesso: Amanzio Berzaghi non si sarebbe ucciso, adesso ne era sicuro.

Capitolo 2

« Come ti chiami? »

« Mi chiamo negra prostituta. »

« Perché ti butti via così? »

« E perché non dovrei farlo? È tutto una porcheria. »

« Forse non tutto. »

« Tutto. Anche tu, poliziotto. Vieni qui in questa casa di comodo come un giovanotto che gli scappa la voglia la mattina presto, e invece sei un questurino. È tutto sporco e tutto diverso da quello che sembra. »

1

La porta dell'ufficio di Duca Lamberti si aprì malamente, anzi con violenza e Mascaranti entrò: teneva per il bavero un giovanottino dalla giacca di velluto verde oliva e sotto aveva un maglione giallo dal collo alto, i capelli erano di un nero lucido esattamente come le scarpe nere quando sono lucidate bene. Il viso era olivastro, l'occhio nerissimo, di un nero, appunto, che dava la stessa sensazione delle scarpe nere quando sono lucide.

« Entra, terrone, se no ti spacco la faccia, » urlò Mascaranti trascinando dentro l'ufficio quel giovane coso.

« Non trattare così un tuo compaesano, » disse Duca Lamberti, « mi pare di ricordare che sei anche tu un terrone. »

« Sì, ma di un genere diverso da questo... » Mascaranti dette una definizione del giovane del tutto irriferibile. « L'ho dovuto trascinare così per tutta la strada, perché si metteva a piangere, diceva che se lo mettevamo dentro, si ammazzava. E ammazzati pure! » Mascaranti quasi lo buttò contro la scrivania di Duca Lamberti, dove il giovane approdò con violenza puntellandosi con le mani, il viso olivastro incappellato, come da un cimiero, dai nerissimi lucidissimi capelli, rivolto verso Duca Lamberti.

« Dottore, non mi metta dentro, non mi rimandi al

mio paese, » il giovane si mise a piangere, passandosi le mani sul viso mentre piangeva e parlava, mani dalle unghie bianchissime, « se no mi ammazzo davvero, » quelle unghie bianche indicavano anemia, inoltre tutta la struttura del viso e del corpo dalle spalle strette, e la facilità a mancare di respiro alla minima emozione, e Duca lo osservava da medico, faceva pensare a tubercolosi e a difficoltà cardiache.

« Siediti, » disse Duca al ragazzo, con gentilezza, e ancora più gentile aggiunse: « E non piangere. »

Il ragazzo sedette davanti al tavolo di Duca Lamberti, dietro di lui, in piedi stava Mascaranti furioso.

« L'ho dovuto trascinare fin qui come un cane che non vuol farsi tirare dal guinzaglio, » disse Mascaranti, il largo viso era ancora più largo di rabbia. « È il più ignobile individuo che sia mai capitato in questa città e quando vado a prenderlo a casa per portarlo qui, mi fa la verginella violentata e mi dice, oh, mi ammazzo, mi ammazzo, e ammazzati davvero, schifezza che non sei altro. »

« Basta, » disse Duca. « Vai a fare due passi, » tese la mano verso Mascaranti, questo tendere la mano voleva dire che Mascaranti doveva dargli una sigaretta e Mascaranti gliela dette, poi uscì, con un ultimo sguardo di odio verso il ragazzo seduto davanti alla scrivania di Duca Lamberti. Il più schifoso essere umano che avesse avuto il disonore di incontrare, pensò Mascaranti uscendo, ma quando uno fa il poliziotto, è esposto appunto ad incontrare schifezze simili.

Duca Lamberti lasciò passare qualche secondo dopo che Mascaranti fu uscito, aspirando un paio di boccate della buona virile sigaretta Nazionale, poi disse al ragazzo che finiva di asciugarsi le lacrime col dorso della mano, e gli parlò leggendo una velina che Mascaranti gli aveva scritto: « Allora, tu sei Salvatore Carasanto, hai ventidue anni, » Duca aspirò un'altra boccata della virile Nazionale, « ho detto ventidue anni, e sei il più formidabile pappa che sia comparso in questa capitale morale d'Italia, cioè Milano. Tu hai istradato alla prostituzione decine e decine di ragazze. Tu rifornisci quasi tutte le case d'appuntamento di Milano, o quelle che chiamano anche ‹ circoli culturali ›, tu vivi adescando, corrompendo e trascinando alla prostituzione le ragazze valendoti di questa calda fragile faccia da amatore italiano che hai. »

« Non è vero, non è vero! » Il ragazzo ricominciava a fare la scena del pianto. « È stato solo una volta, ero troppo giovane, c'è stato uno che mi ha corrotto, allora io gli ho dato la ragazza, ma non l'ho fatto mai più, io adesso faccio il rappresentante di farmaceutici. »

« Smettila di far finta di piangere e smettila di raccontare fandonie, » disse Duca Lamberti. « Tu non sei un rappresentante di farmaceutici, sei un rappresentante di prostitute. » La voce gli divenne imperiosa oltre il solito. « Sei stato scoperto in flagrante tre volte, abbiamo il nominativo di diciannove ragazze che tu hai indotto alla prostituzione, con tutti i particolari di quella che la spazzatura come te chiamano ‹ messa in pista ›. Tu hai messo in pista, almeno secondo le nostre indagini, una ventina di ragazze, ma saranno forse quaranta, sessanta, ottanta. Per le misteriose vie della provvidenza procedurale, legale e via dicendo hai fatto soltanto un anno di galera, quando ti meritavi l'ergastolo perché buttare nel pozzo della prostituzione decine e decine di ragazze, è peggio che ucciderle, e invece sei ancora qui, bello, giovane e fresco a fare il pagliaccione che piange davanti, a dirmi che sei un piazzista in farmaceutici. Ti do un consiglio, pappa che non sei altro: sei capitato in brutte mani, le mie. Rispondi giusto alle domande che ti farò, o sei finito: tu hai contravvenuto al foglio di via, perché sei stato espulso da questa nobile città che è Milano, e tu dovresti stare in galera o in libertà vigilata, anche per anni, ma voglio offrirti un'ultima occasione di salvezza se rispondi alle mie domande. »

Il ragazzo, all'offerta di trattativa, e per l'energia con cui era stata formulata, smise di colpo di piangere, si passò due dita nel collo di lana purissima dell'elegantissima maglia gialla.

« Sì, » disse.

« Stammi a sentire e non cercare di imbrogliarmi perché se no ti distruggo davvero, non fisicamente, ma civilmente, ti faccio passare il resto della tua vita tra carcere, casa di lavoro, libertà vigilata, e ancora carcere, casa di lavoro e così via. »

« Sì, » ripeté il ragazzo. Era pallido, sentiva che l'uomo che gli parlava, parlava seriamente.

« Allora, te lo ripeto, stammi a sentire, » disse Duca. « Qualche giorno fa è stata uccisa una ragazza alta quasi due metri e che pesava quasi un quintale. È stata uccisa in un modo ignobile, prima l'hanno sfigurata, forse con un sasso, in tutto il viso, poi nuda, e forse ancora viva, l'hanno messa a bruciare in un mucchio di sterpaglie lungo la via Emilia. È stata trovata che arrostiva. Qualche cosa come il pollo al mattone. » Duca Lamberti perse il controllo, aveva in mano una ridicola penna a sfera, di quelle che il ministero degli interni fornisce ai suoi fedeli funzionari con veramente modica spesa, e tenendola in pugno la batté per la punta, con un colpo violento, sul piano del tavolo. « Era un essere umano, una ragazza, non un pollo al mattone. » Poi riprese il suo controllo. « Scusami. » Si inumidì le labbra secche di furore. « Ti prego, ascoltami bene. Ascoltami bene, bene, capisci? »

« Sì, sì, » disse il ragazzo.

« Abbiamo ragione di pensare che questa ragazza alta quasi due metri e del peso di quasi un quintale, e per di più minorata mentale, sia stata prelevata da un tipo come te e ‹ messa in pista ›... »

« Io no, no, no! » interruppe il ragazzo con accorata violenza, mentre i suoi lucidissimi capelli mandavano vividi bagliori.

« Non ho detto che sei stato tu, lasciami parlare, cretino. » Duca Lamberti guardò la penna a sfera, irrimediabilmente rotta per il colpo di prima, « ti sto preparando la domanda e cerca di rispondermi giusto perché se no sei un Salvatore Carasanto finito. »

Il giovane neruto, capellastro e verde pallido di paura annuì inghiottendo saliva.

« La domanda che ti faccio è questa, » disse Duca Lamberti. « Tu sei un super pappa, tu sei un public relation dei pappa, tu non sfrutti direttamente, tu le trovi e le vendi ai pappa. Allora se c'è uno che può sapere di questa ragazza, sei tu. Tu conosci una per una tutte le prostitute di Milano e dintorni, sei di casa in tutte le case di appuntamento di Milano, sei informato di tutti gli spostamenti di ragazze da un settore all'altro della città, e da una città all'altra, sei protetto da potenti sporcaccioni e per questo finora te la sei cavata. Ma adesso devi scegliere: dimmi se hai mai sentito parlare di questa ragazza alta quasi due metri e del peso di quasi un quintale. Se mi dici la verità, se mi aiuti a ritrovare i colpevoli dell'orrendo assassinio di questa ragazza, io ti perdono tutto il passato, ti rifaccio una verginità legale e potrai rimanere anche a Milano. Ma se cerchi di barare... » Duca Lamberti si alzò, andò verso la finestra e l'aprì, sulla via Fatebenefratelli, dolcemente illuminata e deserta in quella dolce e deserta notte ottobrina. « Se cerchi di barare non ci sarà nessun avvocato o protettore sporcaccione che ti salverà. Dimmi se hai mai sentito parlare di una ragazza alta quasi due metri e del peso di quasi un quintale, ti ripeto questi due dati perché tu devi cercare di capire e di ricordarti. Non dirmi che non ti ricordi! Non dirmelo, hai capito? »

Il giovane sussultò, quasi sobbalzò sulla sedia. Inghiottì ancora saliva e Duca lo guardò con disgusto perché i pappa, oltre tutto, pensò, erano dei luridi vigliacchi.

« Sì, ne ho sentito parlare, » disse.

2

« Che cosa vuol dire ‹ ne ho sentito parlare ›? » disse Duca.

Continuando a passarsi la lingua sulle labbra il giovane rispose:

« Una sera al *Billie Joe*... »

« Che cosa è il *Billie Joe*? »

« È una specie di pizzeria, sui bastioni, vicino a piazza Tricolore, una pizzeria così... » perfino il ragazzo, Salvatore Carasanto sorrise, pur spaventato del violento interrogatorio.

Una pizzeria che si chiama *Billie Joe*. Duca era curioso anche delle curiosità inutili. « Perché *Billie Joe*? »

« Sa, per il titolo di quella canzone cantata da Bobbie Gentry, quella specie di spiritual di quel ragazzo che si era buttato dal ponte... »

Sì, l'aveva ascoltata una volta anche lui alla radio,

il padre della ragazza che con la bocca piena di piselli diceva: « *Oh, no, non posso crederlo, che si sia buttato giù dal ponte* », invece Billie Joe si era davvero buttato giù dal ponte, e la madre intanto gridava — sempre nella canzone —: « *E pulitevi i piedi prima di entrare in casa, se no, guai a voi* ». Ora la ricordava perfettamente, l'aveva nelle orecchie. « Vai avanti. »

« Sa, un locale per ragazzi. »

« Ragazzi come? » disse Duca Lamberti. « Pappa come te? »

Il ragazzo, domato, scosse il capo, Duca intuì che stava parlando sinceramente. « Ce ne è sempre del genere in questi posti, ma la maggior parte sono coppiette sbronze di brava gente. »

« E allora che cosa è successo, qui, al *Billie Joe*? » disse Duca.

« Io ero andato al *Billie Joe* perché avevo dato appuntamento lì a una ragazza... »

« Una che volevi mettere in pista? » disse Duca.

Lui, Salvatore Carasanto, ormai non si difendeva più. « Sì, » ammise, « ma lei non è venuta, e non l'ho vista mai più... »

Meno male per lei, pensò Duca. « E allora? » disse.

« E allora ho cominciato a farmi una pizza sul seggiolone davanti al banco e guardavo sempre verso la porta per vedere se la ragazza arrivava. »

« E allora? »

« La ragazza non arrivava, io ero nervoso, perché non mi piace farmi bidonare dalle donne, lì in quelle due stanzucce del *Billie Joe*, c'era un fracasso da star male perché tutte le coppie erano sborniate e le donne squittivano come maialine... »

« E allora? »

« Allora io avevo vicino un ragazzo come me, che

si stava facendo una pizza anche lui e che d'un tratto mi dice masticando la crosta della pizza: ‹ Ciao, terrone, lavori in pollame anche tu? › e si fa una bella risata. A me non piace sentirmi dare del tu, neppure dai compaesani, e quello doveva essere di Messina, lo sentivo dall'accento. E mi piace ancora meno che uno che non ho mai visto mi dica sul grugno se lavoro in pollame o no. Benissimo, io lavoro in pollame, ma sono affari miei, e ne parlo solo con gli amici. »

« O con la polizia, » disse Duca.

« Sì, con lei, non col primo incontrato. »

Era logico, non poteva fermare i passanti per la strada e comunicare loro che lui faceva il pappa. « E allora? » incalzò Duca.

« Allora quel ragazzo, era molto bevuto, forse drogato e parlava con la pizza che gli stava metà dentro, metà fuori della bocca, mi disse: ‹ Siamo terroni tutti e due, oggi io devo festeggiare perché ho fatto un grosso affare, e lo voglio festeggiare con un terrone come me. › »

« E che cosa doveva festeggiare? » disse Duca.

« Glielo chiesi anch'io, e allora lui mi rispose che aveva fatto il più grosso affare della sua vita, e ogni volta che diceva la parola ‹ grosso › gli veniva da ridere e i fili di mozzarella della pizza gli pendevano dalle labbra, e io non capivo perché rideva tanto e non m'importava neppure, i drogati e gli sconosciuti non mi piacciono, anche se sono compaesani, ma lui mi spiegò perché la parola ‹ grosso › lo faceva ridere tanto, perché, mi raccontò, nel suo traffico di pollame, aveva trovato una ragazza di due metri d'altezza, una gigantessa, e minorata mentale che appena vedeva un uomo gli si buttava addosso, e mi diceva: ‹ Pesa un quintale, un affare così ' grosso ' non l'ho mai fatto, e ho preso una barcata di soldi che devo festeggiarla con te, terrone mio. › »

Monotonamente Duca Lamberti disse: « E allora? »

« Era sbronzo, » rispose il ragazzo dagli occhi lucidi come le scarpe nere lucide, « straparlava, drogato, ho sempre pensato che mi avesse raccontato le storie che raccontano gli allucinati, ma adesso lei, brigadiere, mi dice che è stata uccisa una ragazza gigantesca, minorata mentale, e allora mi è venuto in mente quel ricordo. »

« Come si chiamava quel ragazzo? » disse Duca Lamberti alzandosi, intendeva quel ragazzo che aveva detto di aver fatto un « grosso » affare con una ragazza « gigantesca », e minorata mentale.

« Ma io non lo so, brigadiere. »

« Non dire ‹ brigadiere ›, non dire nulla, » disse Duca, guardando dall'alto, in piedi, il ragazzo. « Perché non sai il suo nome? »

« Ma perché è la prima e unica volta che l'ho visto, diversi mesi fa, non lo avevo mai visto prima, ero nervoso per la ragazza che aspettavo e che non veniva, e finita la pizza me ne andai. »

« Allora riassumiamo. Tutto quello che tu sai di una ragazza ‹ gigantesca › è che un giovane di cui non sai nulla, in una pizzeria *Billie Joe* te ne ha parlato, e ti ha detto che ha fatto una barcata di soldi mettendo in pista il pollame. È questo che tu dichiari? » Duca Lamberti, parlando, aprì un cassetto dal tavolo e ne tirò fuori un'altra delle striminzite penne a sfera fornite dal ministero degli interni.

« Sì, » disse con tono sincero il ragazzo, « io non so altro di questa ragazza così grande, ne ho sentito parlare così per caso, quella volta, in quella pizzeria *Billie Joe*, e l'ho detto, non so assolutamente altro. »

Duca Lamberti gli puntò la penna a sfera contro il viso. « Stai attento, Salvatore Carasanto, cerca di aiutare la legge, la giustizia, se no è peggio per te. Anche se è vero che non sai il nome di questo che preleva gigantesse minorate mentali e le rivende, solo tu sei in grado di rintracciare questo pappa. Tu sei pratico dell'ambiente, molto più di noi della polizia. » Duca non sorrise neppure, ci sono dei punti di disgusto che bloccano anche il sorriso più amaro.

« Non ne ho la minima idea, brigadiere, » rispose il ragazzo.

« Non chiamarmi brigadiere, e non imbrogliare, voglio trovare questo tipo della pizzeria *Billie Joe*, » disse Duca. « Aiutami a trovarlo e riuscirai ancora a girare libero per le belle, nebbiose strade di Milano e a fare le tue porcheriole. Tu puoi sapere dove rintracciare questo signorino, tu sei uno dei massimi esperti in questo campo di sfruttatori, noi poliziotti siamo dei cretini in confronto a te, per questo ti abbiamo strappato dal tuo paterno letto di casa, e ti ho voluto qui. Tu solo puoi dirci chi è il tipo che ha fatto il ‹ grosso › affare. »

« Ma io non so niente di lui, l'ho visto una volta sola, » disse il ragazzo.

« Posso anche crederti, » disse Duca, gli tese la matita, « ma tu devi aiutarci. Se non ci aiuti torni al tuo paese e m'informo io personalmente ogni settimana che alle otto di sera tu sia a casa, e alla prima che fai, stai dentro una diecina di anni, te l'ho già detto, sei capitato in brutte mani, le mie. Fai il bravo, e te la cavi. » Il giovane non era uno stupido, capì perfettamente, e assentì, guardando la penna a sfera che Duca gli tendeva. « Disegna questo tuo collega in pollame che hai conosciuto alla pizzeria *Billie Joe*. »

« Ma io non so disegnare, » disse Salvatore Carasanto, pur prendendo la penna a sfera che Duca imperiosamente gli tendeva.

« Neppure io, » disse Duca. « Ma disegniamo lo stesso insieme. Questo non è un identikit, io non faccio identikit, ma tu comincia a disegnarmi la forma degli occhi, su questo foglio, saprai distinguere, spero, un cerchio da un ovale e da un'ellisse. Gli occhi possono avere, appunto una di queste forme, dai mongoli agli ariani. Quale era la forma degli occhi del tuo amico? » Duca finì con violenza.

Il ragazzo assentì, con la penna in mano, schiacciato dalla sorda voce di Duca, bassa e violenta. Pur nella sua miserabilità, pensò Duca, doveva esserci qualche cosa di redimibile in quel ragazzo così sexy per le giovani serve e per le quarantacinquenni invogliate, così elegante, e lui cercava di far tornare uomo l'oggetto che aveva davanti e che stava pericolosamente uscendo dalla sfera dell'umanità. « Dimmi di quale forma erano i suoi occhi. Ti prego, aiutami. Disegna la forma degli occhi. »

Il ragazzo non disegnò nulla, disse: « Aveva gli occhi da gallina. »

« Cosa intendi? » Duca urlò: « Cosa vuol dire occhi da gallina? Disegna, ti ho detto! »

« Rotondi, le galline hanno gli occhi rotondi, » disse Salvatore Carasanto, disegnò due cerchietti nel foglio che aveva davanti.

« Le sopracciglia, » disse Duca, e spiegò: « prima di tutto possono essere folte o no, possono essere staccate da un occhio all'altro, o possono essere unite, poi, come le svolte sugli stradoni, possono essere appena appena curve, o addirittura a accento circonflesso. Capisci quello che sto dicendo? » Vide il ragazzo assentire, passandosi la lingua sulle labbra per la paura, e finì: « Disegna le sopracciglia. »

Il ragazzo ubbidì subito e disegnò sopra i due cerchietti che facevano da occhi una linea quasi diritta e unita.

« Stai bene attento, » disse Duca, « vuoi dire che questo tuo collega aveva le sopracciglia unite, quasi una riga sopra gli occhi? »

« Sì, » disse il ragazzo.

« Sopracciglia nere, vero? »

« Sì. »

« Adesso il naso. M'interessa solo un particolare, » disse Duca, « la larghezza tra una narice e l'altra. Vi sono nasi dalle narici ravvicinate, e nasi dalle narici allontanate. Fai due punti sotto gli occhi che hai già disegnato: se li fai vicino vuol dire che il tuo collega ha il naso stretto, se li fai distanti ,vuol dire che ha il naso largo. »

Al ragazzo tremava la mano, c'era una pietosa forma di viltà in tutti i suoi gesti, come in tutti i delinquenti quando si trovano di fronte qualcuno che ha la capacità di dominarli, con le loro stesse armi, cioè la violenza. Però disegnò lo stesso, se il termine disegnare era esatto, due puntini piuttosto distanziati, indicanti le narici.

« Ha un naso piuttosto largo il tuo compare, » Duca alzò il ricevitore del telefono, disse: « Mascaranti, le sigarette, e vieni su a prendere anche l'identikit, » rise nervosamente dopo aver deposto il ricevitore. « E adesso la bocca di questo tuo compaesano. Non sforzarti a fare il Raffaello, ti chiedo soltanto di disegnare un mezzo cerchio aperto all'insù, o aperto all'ingiù, o una linea diritta. Le bocche, infatti sono, genericamente, come nei cartoni animati o al ‹ Carosello ›, alla televisione, di tre tipi, quelle del semicerchio aperto all'insù, rifletté ancora, « sta proprio bene in un quadrato. »

« Scrivo ‹ quadrato ›? » disse Mascaranti.

« Sì, » disse Duca.

Mascaranti sul foglio disegnato dal giovane Salvatore Carasanto scrisse: *viso quadrato*. Poi disse: « Facciamo ‹ urgente ›? »

Duca Lamberti scosse il capo. Donatella Berzaghi era morta, ormai, bruciata, forse ancora viva, in un mucchio di sterpaglie lungo la via Emilia, la ricerca del suo assassino era assolutamente necessaria, si capisce, ma non urgente. Anche l'avessero preso subito, il criminale che l'aveva così mostruosamente uccisa avrebbe avuto pochi anni di condanna, che sarebbero divenuti sempre più pochi in seguito a amnistie, condoni e grazie varie, e così lo si sarebbe poi rivisto, dopo poco, in giro per qualche baruccio di via Torino o intorno a Largo Cairoli, con le basette profilate da uno dei primi parrucchieri di Milano, e con in tasca un centomila estorte a qualche disgraziata a cui erano piaciute quelle basette, quegli occhi da gallina, quel mento sfuggente e quella bocca diritta da cattivo.

Non valeva davvero la pena, pensò Duca Lamberti, di far spendere soldi allo stato per l'urgenza all'improvvisato identikit del venditore di gigantesse e che sarebbe stato diramato a tutte le questure d'Italia. « Non occorre urgente. Lo portino pure in bicicletta. »

Mascaranti sorrise con gli occhi. Poi disse: « E di questo signore che cosa ne devo fare? » Indicò il giovane.

« Me lo lasci ancora un poco, poi ti chiamerò, » disse Duca. Aspettò che Mascaranti fosse uscito, poi offrì una sigaretta al ragazzo, che rifiutò gentilmente. Come molti pappa non fumava, forse si drogava, ma oneste sigarette, no. Duca pensò che le perversioni non

del tipo ridente, quelle invece del semicerchio aperto all'ingiù, del tipo triste, e quello ultimo, la bocca a taglio diritto, una riga diritta, dei cattivi, dei duri. Scegli tra queste tre forme, e non imbrogliare. »

Il ragazzo, spaventato, disegnò subito una linea diritta che significava la bocca del cattivo.

« Arriviamo alle orecchie, » disse Duca, « non sforzarti, lo so che non sei Caravaggio, le orecchie sono molto difficili da disegnare, anche per abili artisti, io pretendo molto meno, mi basta che fai un semicerchio per indicare che aveva le orecchie sporgenti, oppure fai una riga verticale per indicare che le orecchie di questo sozzume sono attaccate. »

Salvatore Carasanto, completamente basito, disegnò un semicerchio, a destra del volto che aveva abbozzato, e un altro a sinistra. Il sozzume, pensò Duca, aveva le orecchie sporgenti.

Disse: « Infine il mento. Puoi fare una linea orizzontale se il mento non è né pronunciato in avanti, né sfuggente all'indietro. Fai una linea retta, verticale, se il mento è sporgente, in avanti, e più è sporgente, più fai la linea lunga. Se invece il mento è sfuggente, all'indietro, fai una diagonale e più la diagonale è lunga più vorrà dire che il mento è sfuggente. Attento a non sbagliare. »

Mascaranti in quel momento entrò. Aveva in mano un pacchetto di Nazionali e in mano una scatola di cerini. Non disse nulla, aprì il pacchetto di sigarette, Duca ne prese una, Mascaranti gliel'accese.

« Disegna, » disse Duca al ragazzo, « disegna il mento, voglio dire il mento di questo signore che ti ha detto che lavorava in pollame e che aveva trovato una gallina alta un metro e novantacinque e che pesava quasi un quintale e che aveva meno intelligenza di una gallina anche se aveva ventotto anni. Disegna bene il mento secondo le indicazioni che ti ho dato, ti prego, se no ti sfascio. » Duca guardò il ragazzo al quale tremava la mano, non aveva alcuna intenzione di toccarlo neppure con un dito, certe schifezze non si possono néppure picchiare, non tanto per la legge e la costituzione che lo proibiscono, ma perché ci si sporca. « Disegna bene questo mento, ti prego. »

Il ragazzo tracciò con la penna una linea obliqua, data la sua paura la linea risultò tremolante, sotto l'astratto disegno, però era obliqua e molto lunga.

« Vuoi dire che aveva il mento sfuggente, all'indietro? »

« Sì. »

« Perché hai fatto la riga così lunga? Vuoi dire forse che il mento era molto sfuggente? »

« Sì, sì, molto sfuggente... sembrava che non avesse mento. »

Duca aspirò un'altra boccata di Nazionale. Era il ritratto di un tipico delinquente, da Lombroso a Freud, ai più moderni professori di somatologia e caratterologia criminale, lo avrebbero vivamente asserito, senza dubbio.

« Quanti anni ha secondo te il tuo amico? »

« Non è mio amico. »

« Va bene, non sottilizziamo sulle parole, » disse Duca. « Quanti anni ha secondo te questo gentile giovane che hai occasionalmente conosciuto in una distinta pizzeria frequentata da coppie sbronze e da rappresentanti in pollame come te? »

« Non credo più di venticinque anni, » disse il ragazzo posando la penna sul tavolo con mano tremula.

« E quanto è alto? »

« Poco. »

« Poco non significa niente. È alto come te, te, o meno di te? » disse Duca.

« È alto meno di me. »

Duca guardò il ragazzo che, come statura, nc teva certo i giocatori di pallacanestro, prese il che quello aveva disegnato, vi scrisse alcune a zioni poi lo dette a Mascaranti. « Portalo ai nost ci del reparto psicoartistico, » Mascaranti si fe risatina, « si tratta di un giovane tappo, alto m questo tappo che abbiamo davanti. Come vedi occhi rotondi, da gallina, le sopracciglia unite, i dalle narici, come dire, divaricate. »

Mascaranti fece un'altra risatina.

« Spiega ai nostri psicoartisti che questo cosc bocca diritta, come vedi dalla linea orizzontal mento molto sfuggente come vedi dalla linea nale molto lunga. »

Mascaranti guardò quell'astratto disegno, poi « Dottore, scusi, ma ha dimenticato la forma faccia. »

Duca assentì, la memoria cominciava a fa « Ascolta, » disse allora al ragazzo, « devi un'idea del tipo di faccia di questo gentiluomo c incontrato alla pizzeria *Billie Joe*. Vi sono, t mente, tre tipi di faccia: quella che sta dentro u drato, quella che sta dentro un tondo e quella dentro un triangolo. In quali di queste figure ge che stava bene dentro questo tuo compaesano?

Duca attese con pazienza la risposta. La do geometrica era ovviamente ostica al giovane però dopo una ventina di secondi disse: « Stav in un quadrato, » si capiva che, spinto dalla rifletteva per rispondere precisamente e gius te, « non è grasso, ma è robusto, ha un viso l

avevano forse limite. « Ti devo chiedere ancora un favore, » disse Duca accendendosi una sigaretta. « Tu sai che noi della polizia siamo un po' ingenui, ci diamo molto da fare, abbiamo le squadre del buon costume, abbiamo quelle antidroga, abbiamo la scientifica, abbiamo archivi elettronici per le impronte digitali, ma in fondo, i poliziotti, a gente come te, danno l'idea di persone che scendono, come dicono al tuo paese, dal presepe, cioè che sono cretini. »

Duca posò la buona, onesta Nazionale, senza mariuana sull'onesto portacenere di plastica. « È molto probabile che anch'io discenda dal presepe, » continuò, fissando il giovane che lo ascoltava con impaurita attenzione, « e forse per questo ti chiedo ancora un favore, ma ti dico, » Duca riprese la sigaretta, « cerca di farmelo, questo favore, perché se no avrai la vita più agra di un limone acerbo. »

Duca Lamberti guardò il ragazzo che accennava di sì, sì, e si alzò, andò in fondo alla piccola stanza, volgendogli le spalle.

« Sulla prostituzione a Milano, tu sai molto più di noi, » gli disse, « tu sei un vero esperto, potrebbero prenderti alla televisione per i concorsi TV: ‹ Qual è il quartiere di Milano in cui battono più donne di malaffare? › e tu dici il nome giusto del quartiere, perché sei perfettamente informato, sei il drago del vizio di Milano, » gli parlava sempre a spalle voltate, « e il presentatore della TV dice: ‹ Bravo, bravissimo! Lei vince i primi dieci gettoni d'oro... Ma adesso passiamo alla seconda domanda, e se lei risponde esattamente, avrà cento gettoni: Qual è la via di questo quartiere in cui vi sono più signore di quel genere? › Sono certo che tu risponderesti esattamente anche a questa domanda. »

Il ragazzo ebbe un riso brusco, isterico e Duca si volse d'improvviso. « Adesso ti faccio anch'io una domanda, ma senza gettoni d'oro, anzi, se non mi rispondi ti rompo la faccia: quante case di appuntamento conosci, quanti bordelli e postriboli? Sai, noi poveri poliziotti non lo sappiamo, noi andiamo alla cieca, come le talpe. Parla, ti prego. Fammi questo grosso favore, fallo a un povero scemo di poliziotto. Dimmi, da grande esperto come sei, tutte le case, i circoli culturali, regionali, i negozi di busti, le parrucchiere di periferia dove si commerciano donne. » Lo prese alla nuca per i lunghi capelli. « Dimmelo, per favore, è una vera preghiera che ti faccio. »

Il ragazzo ebbe paura del suo sguardo, e del suo tono di voce falsamente e ironicamente supplicante. Era anche un ragazzo intelligente, pur nella sua abiezione, capì che con quell'uomo che aveva davanti, non aveva scelta. « Sì, sì, » disse, « sì, sì. »

3

Duca uscì dalla questura che erano quasi le tre del mattino. Andò a piedi, aveva rifiutato l'auto che Mascaranti gli aveva offerto, era un'inconsueta notte d'ottobre, limpida, senza la minima velatura di nebbia, e non fredda. Camminò con gioia fisica attraverso le strade vuote, con poche auto stupidamente ruggenti nel vuoto del traffico, e da via Fatebenefratelli fino a piazza Leonardo da Vinci, c'è molta strada da fare e la fece gioiosamente tutta, ma era solo la gioia fisica di muoversi dopo oltre quattordici ore di ufficio, la mente non aveva invece alcuna gioia, vedeva ancora — e chi sa per quanto tempo l'avrebbe rivisto ancora —, quel povero vecchio padre che all'obitorio aveva dovuto guardare la figlia bruciata in un mucchio di sterpi e riconoscerla dal colore della lacca sulle unghie. E pensava solo a questo.

Ed erano quasi le tre e mezzo quando arrivò a casa. Aprì il portone, salì le scale, al primo piano non occorre ascensore e stava per aprire la porta dell'appartamento, quando essa si aprì da sola, e nell'anticamera c'era Livia.

« Non dirmi che mi hai aspettato fino a adesso, » disse Duca.

« E perché non avrei dovuto aspettarti? » lei disse recisamente.

Già, perché? Con quella non si poteva discutere. Gli si era insiedata in casa, quando sua sorella Lorenza era andata in Sardegna con Càrrua,* era venuta lì a lavargli la biancheria, a preparargli da mangiare, a dargli il suo amore e ad aspettarlo, se occorreva, anche fino alle tre e mezzo del mattino.

« Ha telefonato Lorenza da Cagliari, » disse Livia.

« Sì, » disse Duca. Si tolse la giacca che lei prese subito da innamorata guardarobiera.

« Ha detto che sta bene e che torna prima di Natale, » disse Livia.

« Sì, » disse Duca. Andò in cucina, riempì un bicchiere d'acqua al rubinetto del lavandino.

« Guarda che ti sto dicendo che ha telefonato tua sorella, » lei disse, con inquietudine, seguendolo in cucina.

Sì, aveva udito, bevette il bicchiere d'acqua. Sua sorella Lorenza era in Sardegna con Càrrua, e sarebbe tornata a Natale. Sentiva sulla pelle la mancanza della

* Vedi *Venere privata, Traditori di tutti, I ragazzi del massacro.*

sua infelice sorella, avevano vissuto insieme, giorno per giorno fin da quando erano nati, esclusi i tre anni di galera che lui si era fatti per aver aiutato una vecchia malata di cancro a morire. Ma sentiva in quel momento anche qualche cosa di più forte.

Uscì dalla cucina rispondendo a Livia: « Sì, certo, ho capito, » andò in camera da letto, si svestì tutto, si mise sotto le coperte del piccolo letto, spense la luce.

« Duca, perché fai così? » disse nel buio Livia.

Egli non rispose, allora Livia, al buio si spogliò, si mise sotto le coperte vicino a lui, era un letto per una persona sola, e avevano tanto riso, in quei giorni, della strettezza del loro dormire, ma quella sera, nel buio quasi totale della stanza, non risero.

« Che cosa è accaduto, ti prego, Duca, non puoi dirmelo? » Livia disse sopra di lui. « Non puoi dirmelo? »

Duca respirò profondo sul suo collo, sui capelli di lei. « Sì, posso dirtelo, » disse nel buio, nei capelli di lei. « Hanno bruciato viva una donna, una minorata mentale, in un mucchio di sterpaglia. Gli assassini sono dei pappa, degli sfruttatori. È stato un delitto orrendo, ho visto il cadavere della ragazza all'obitorio e ho dovuto farlo vedere anche al padre della ragazza, e anche questo è stato orrendo. Ti prego, perdonami, finché non avrò trovato gli assassini di questa ragazza sarò così, come questa sera. »

« Sì, lo so come sei, » lei disse nel buio, sul suo collo, vicino al suo orecchio e alla sua guancia rasposa di barba. « Sarai sempre così, come questa sera, finché non avrai punito il colpevole. »

Si mise ancora più sopra di lui. « Stupido. » Lo strinse.

Probabilmente era stupido, era da tanto tempo che ne aveva il dubbio.

« Ho bisogno che da domani mi fai da autista, » disse Duca, capiva che, grammaticalmente non rispettava la giusta coniugazione dei verbi e che i dotti lo avrebbero rimproverato, ma in quel momento il suo interesse per il giudizio dei dotti era molto moderato.

« Stupido, » disse Livia, soffiandogli le parole sul viso ispido di barba, « ti faccio sempre da autista, ogni giorno. Perché me lo chiedi? »

« Perché domani e per molti giorni ancora, » disse Duca, rilassandosi un poco sotto il dolce, femmineo calore di lei, « sarà un servizio d'autista speciale. » Aspirò il limpido odore della sua pelle senza profumi.

« Perché speciale? » disse Livia, affondata nella sua spalla.

« Perché vado a fare il giro, » disse Duca il viso coperto dai capelli di lei, « di quelli che una volta si chiamavano bordelli, postriboli, case di tolleranza, e che oggi invece si definiscono case d'appuntamento. »

« E io ti porto, » disse Livia. « È un'indagine. Tu sei un poliziotto e fai delle indagini, e io ti porto anche in quei posti che hai nominato. »

« Sì, è un'indagine, ma io non posso presentarmi come poliziotto, devo presentarmi come cliente. »

« Cliente? E perché? »

« Ecco perché. » Duca affondò la mano nei capelli di Livia. « Se io mi presento in questi accoglienti postriboli come poliziotto non vengo a sapere niente. La ragazza che è stata uccisa, deve essere stata in qualcuna di queste case private, certo molto signorili e molto care. Era molto grande, era una gigantessa, non potevano certo farla battere per le strade, anche perché aveva l'intelligenza di una bambina di otto anni. Ma se io entro in queste case come cliente, forse riesco a sapere qualche cosa. »

« Va bene, ti faccio da autista anche in questo particolare giro turistico, » disse Livia.

« Ma ti rendi conto di quanti siano i postriboli qui a Milano? Si tratta di case private e anche di negozi, tu vai in una merceria, una modesta, onesta merceria, dove vendono dalle calze ricamate ai guanti per bambini, e nel retrobottega della merceria c'è un bel divano e vicino c'è un bel bagno, così un maturo signore entra, compra un bel pulloverino per il suo nipotino, poi passa nel retrobottega dove sul divano c'è una sedicente ventenne che prova una calda e improvvisa simpatia per lui. » Rilassato sempre più dalla morbidezza di lei, continuò con meno rabbia. « Sai che la squadra del buon costume ha scoperto perfino un negozio di frutta e verdura con retro adibito a lupanare? Così uno entra e dice: ‹Vorrei un chilo di mele› e la gentile signora alla cassa dice: ‹Sì, signore, bellissime, guardi, qui,› lo guida nel retro e sul solito divano trova la solita Eva col pomo in mano. »

Risero tutti e due sommessamente, nel buio e nel caldo della loro fisica vicinanza. Duca accarezzò il viso rugoso di lei per le innumerevoli cicatrici che lo ricoprivano. « Comincio domattina alle dieci, questi luoghi di piacere sono aperti anche a ore così mattutine, » si sorridevano addosso, lei sfiorandogli il viso con le labbra e col suo respiro, « il commendator Carugati esce puntualissimo alle nove del mattino da casa, e dove va? va in un ufficio, sulla porta è scritto *Eurometallexport*, ma dentro l'appartamento non si tratta di eurometalli. »

« Va bene, cominceremo domattina alle dieci, » lei disse.

« Ci sarà un bel giovane con noi che ci guiderà in questi giri, » disse Duca, « ha una bella giacca di velluto verde oliva e un bel maglione giallo, lui conosce tutti gli indirizzi di questi nobili ritrovi, è un cicerone del meretricio, parlo bene? »

« Benissimo, » gli accarezzava un orecchio, « ma non ti arrabbiare così, ti prego. » Sentiva nella sua voce come un basso ringhio che conosceva benissimo, e sapeva che non era soltanto rabbia, ma anche dolore. Gli passò la mano sui capelli, alla nuca. « Calmati un poco. »

« L'hanno bruciata viva. » Doveva trovare gli assassini, se no non poteva calmarsi.

« Aiutami, aiutami a vederti felice, ti prego, » lei disse sofferente della sua amarezza.

Duca la strinse forte. Disse una parola banale, ridicola, in quel caldo buio, in quel letto di poco più di un metro di larghezza: « Scusami, » ma era forse la sola parola giusta e concreta per chiederle perdono dell'inquietudine che faceva nascere in lei. Ma aggiunse subito: « Andremo in questura domattina, prenderemo l'auto col telefono, e il nostro giovanottino in giacca di velluto oliva e rastrelleremo tutti i postriboli della capitale morale d'Italia, finché non troverò quelle carogne che hanno assassinato quella povera ragazza. »

« Basta, » lei disse, « non senti neppure il mio fascino, pensi solo al lavoro. »

Risero ancora insieme ed egli non pensò più al « lavoro ».

4

Ricominciò a pensarci poco dopo le sette, immediatamente appena si svegliò, forse per qualche rumore d'auto venuto da piazza Leonardo da Vinci. Accese il lume, la sveglia batteva sonoramente, Livia dormiva di piombo, insofferente delle coperte, pur nel sonno se le tirava via. Duca le fece una carezza sul viso, sul capo, sul seno, poi andò in bagno, portandosi dietro i vestiti, e lei continuò a dormire, dormiva ancora quando lui tornò completamente vestito dal bagno.

« Bella, prova a svegliarti. » La scosse per i capelli alla nuca.

« Oh, caro, » lei disse sordamente, sempre dormendo. Poi, aprendo gli occhi, allungò una mano per fargli una carezza.

« Non mi spettinare, » disse Duca, ironicamente. « E sbrigati. »

Lei saltò fuori dal letto vestita di nulla e dopo dieci minuti, il tempo che lui impiegò a fumare una sigaretta, era pronta.

« Andiamo a piedi, » disse a Livia.

Fu una bella passeggiata, in quel primo mattino di ottobre, insolitamente limpido, come tutto quell'autunno milanese era insolitamente limpido e mite. In viale Piave, quasi in piazza Oberdan, entrarono in un bar e Duca guardò con piacere Livia che faceva una vendemmia di brioches nel suo cappuccino, pensò che le donne che non hanno paura di mangiare sono le migliori donne. Poi proseguirono, corso Venezia, via Palestro, costeggiarono i giardini pubblici, gli alberi avevano ancora tutte le foglie, non c'era sensazione anche minima di autunno, un sole scialbissimo, ma che pure era sole, manteneva ancora un'aria quasi estiva. Poi piazza

Cavour, poi via Fatebenefratelli, poi il cortile della Questura. C'era già lì, rilucente all'anemico sole, l'Alfa col telefono e vicino Mascaranti col giovanottino con la giacca verde e il maglione giallo, giovanottino sempre livido di paura.

« Buongiorno, signorina, » disse Mascaranti. « Buongiorno dottore. »

Livia salì al volante e Duca vicino a lei.

« Sali, puzza, » disse Mascaranti buttando nell'Alfa, dietro, il pallido ragazzo. »

« Ma lascialo stare, » disse Duca.

« È gente che non mi piace, » disse Mascaranti.

« Via, » disse Duca a Livia. Non piaceva molto neppure a lui, guardò dal retrovisore il molliccio, femmineo viso olivastro del ragazzo, mentre la macchina si avviava e mentre Mascaranti, dal cortile, faceva ironici segni di saluto, conoscendo la destinazione dell'impresa.

Livia fece partire l'Alfa. « Dove devo andare? » disse.

« Ce lo dice il nostro amico qui dietro, » disse Duca, « mi ha promesso che mi porterà nella casa più cara di Milano. Una ragazza come quella poveretta non l'hanno messa certo in una casetta da pochi soldi, vero, Salvatore? » Si volse a guardare il brunetto che assentì meccanicamente. « Dai l'indirizzo esatto, » gli disse.

Il brunetto lo dette. La casa era nelle vicinanze di via Manzoni, avrebbero potuto andarci a piedi. Livia bloccò la macchina davanti al portone, un vecchio, nobile, dignitoso stabile, che faceva molto Milano '800 e scapigliatura, chi avrebbe potuto mai immaginare?

Duca scese e fece scendere la giacchetta di velluto verde. Si curvò poi verso il finestrino per parlare a Livia. « Stai qui davanti al portone, e impedisci l'uscita a qualunque auto. » Poteva darsi che il pappa che cercava fosse lì e volesse fuggire in auto, all'irruzione della polizia.

« Sì, » disse Livia.

Allora Duca entrò nella casa, preceduto dal brunetto, il cicerone, che doveva guidarlo. Fu una cosa molto semplice, il giovane passò davanti alla portineria dove un custode, dall'aria ambigua e diffidente, li guardò, severo, ma il giovane agitò una mano, così, come quando si fa ciao da una motonave all'amico rimasto sul molo, e andò nel corridoio a sinistra dove vi era l'ascensore.

Ascensore. Ultimo piano. Il meretricio ama le mansarde. Una porta con la targhetta *Soffior*, un nome certo non comune. La porta si aprì, una donna che arrivava certo ai quaranta anni ma che li portava bene, già brillantissima di trucco e pimpante di sesso alle dieci di mattino, sorrise subito al giovane in giacca di velluto verde, ovviamente di sua vecchia conoscenza e con cerimoniosità sorrise a Duca. « Prego, buongiorno. »

Duca entrò, dopo il brunetto. Piccola anticamera, ma con un arazzo che doveva avere un certo valore, breve corridoio, ma con appliques d'argento, molto piccole, disseminate per tutte e due le pareti del corridoio una dopo l'altra, fitte fitte e di luce bassissima, che davano un'aria natalizia e sexy nello stesso tempo.

« È un mio amico, » disse il brunetto nel breve tratto di corridoio, la voce un po' corrugata dalla paura che aveva di Duca.

« Oh, caro, l'avevo immaginato, » disse la quarantenne a oltranza aprendo la porta che dava in una sala, « sei molto gentile a portarmi degli amici così simpatici. »

Duca le sorrise, per ringraziarla del complimento ed

entrò nella sala, una onesta, medioborghese sala da pranzo stile quasi, molto quasi, old america, nulla che potesse far pensare a quello che effettivamente era quella casa.

« Accomodatevi, torno subito, » disse la quarantenne, col tono di una pudica vedova, e uscì.

Duca rimase solo col brunetto. Gli disse a voce molto bassa: « Adesso, mentre io scelgo la ragazza, tu intrattieni la padrona di casa, » il termine casa, se ne rendeva conto, non era molto appropriato. « Non cercare di fuggire, non cercare di tradire, di rivelare a questa compiacente signora che sono un poliziotto, perché allora sei peggio che morto, vivrai di botte, tutti i giorni feriali, e doppie nelle festività. Intrattieni la padrona di casa mentre io intrattengo la ragazza. Ti do un consiglio da fratello: non deludermi. Non soffro le delusioni. Ho fiducia in te. » Pensò di aver riposto bene la sua fiducia, il giovane, pur nella sua immondizia, era intelligente, comprendeva che doveva ubbidire e che qualunque tentativo di frode o di ribellione sarebbe stato inutile. Non aveva bisogno di schiaffi o di pugni per capirlo.

« Sì, » disse. « Guardi però che deve pagare prima di vedere le ragazze, se no comincia a sospettare, gliel'ho detto. »

Naturalmente. Contrassegno. Duca guardò una serie di stampe appese alla parete di fronte: si vedevano indiani a cavallo senza sella che galoppavano cinematograficamente, stampe forse fatte in qualche industriosa e alacre tipografia lombarda, con clichès lavorati da industriosi e alacri lombardi, in modo che sembravano stampe autentiche come se, quasi, gli stessi indiani, lì raffigurati, avessero provveduto loro a disegnare le stampe.

« Sì, stai tranquillo, pago prima della consegna, » disse.

Un momento dopo entrò una ragazza. Era l'inizio dello show. Era piccola, ma bellina, aveva solo l'aria istupidita dal sonno. Aveva dei bellissimi calzoni di velluto a coste di un rosa luminescente, molto aderenti, e solo quelli, il resto aveva dimenticato di indossarlo. I capelli erano cortissimi.

Poi arrivò la quarantenne con un vassoio. « Certo è ancora un po' presto, ma un negroni dà sempre energia, » sottolineò maliziosa il termine energia e se ne andò. Il *défilé* continuò, ma fu breve, perché erano in tutto quattro ragazze, compresa una negra. Duca le osservò attentamente, si trattava di scegliere quella più disposta a parlare. Scelse la negra.

La seguì per un altro breve corridoio e fu in una stanza solo con lei. Un lungo raggio di sole, per quanto scialbo, entrava nella piccola ma morbidissima stanza. Duca scostò la tenda e guardò oltre la finestra, vide la macelleria di una piccola strada vicino a via Manzoni, vide una bambinaia che spingeva una carrozzella a due posti con dentro due gemelli — portava fortuna — e udì il frenetico rombare di una scavatrice: proprio davanti stavano scavando le fondamenta di un nuovo palazzo.

« Nei giorni di festa è meglio perché non si sente questo rumore, » disse la negra.

Duca si volse e vide che lei, con professionale rapidità si era completamente liberata da ogni indumento. Era profondamente negra, non solo per l'intenso colore della pelle, ma anche per le labbra, per il naso schiacciato e soprattutto per il seno sostenuto, ma prolungato, a zucca.

« Ti dà fastidio questo rumore? » disse la negra. « A

qualcuno che viene qui la mattina, sì, e diventa nervoso, ma a me hanno dato questa stanza, io non posso farci niente, dall'altra parte ci sono le stanze che si sente meno rumore, ma a me non la danno perché sono razzisti, qui. »

Duca l'ascoltava e la guardava. La scavatrice ruggiva furiosamente, ogni tanto vibravano i vetri della finestra. « Rivestiti, per favore, non sono venuto qui per questo, sono venuto per parlare. »

Istintivamente la negra rise. Le prostitute conoscono uomini dei tipi più curiosi, ma forse lei non aveva conosciuto ancora un uomo che alle dieci del mattino va in una casa d'appuntamento per farsi una bella chiacchierata.

« Tu scherzi, » disse la negra distendendosi sul letto. Pensò che lui fosse ubriaco, ci sono in giro molti ubriachi, anche al mattino.

Duca sedette sul piccolo divano vicino al letto. « Sono un poliziotto, » disse. « Copriti e vieni qui vicino a me a parlare. »

Alla parola poliziotto la negra ebbe un leggero sussulto in tutto il suo bellissimo corpo, dai bellissimi piedi fino agli oblunghi seni.

« Non aver paura, » disse Duca. Il raggio di sole che entrava nella stanza attraverso le tende, divenne ancora più lungo. Glielo ripeté: « Non aver paura. »

Lei si rimise quella curiosa calzamaglia dorata che portava prima col giacchettino trasparente e venne docile, anche se impaurita, vicino a lui.

« Non aver paura. Sono un poliziotto, ma non aver paura, » dovette alzare la voce per superare il frenetico rombo della scavatrice. Lei con le mani accennò di sì, coprendosi il seno con le mani perché la trasparenza del giacchino era davvero troppa.

« Questa è la mia tessera, » disse Duca mostrandogliela. « Non sono qui per farti del male. Anzi, se tu mi aiuterai, uscirai da questa casa libera di andare dove vuoi. Basta che tu mi dia qualche informazione. »

La ragazza accennò di sì, la paura sembrava cominciasse a passarle, sembrava capire che non aveva di fronte un nemico.

« Senti, una ragazza alta quasi due metri, » disse Duca, « è stata certamente in una di queste case di Milano, una casa di lusso, come questa. Può darsi che tu ne abbia sentito parlare, o che l'abbia addirittura conosciuta. Si tratta, ti ripeto, di una ragazza insolita, alta quasi due metri e del peso di un quintale. Si tratta poi di una minorata mentale, qualche cosa che può piacere solo a gente dai gusti difficili e con molti mezzi e che frequentano case come questa. Può darsi che tu ne abbia sentito parlare. È solo questo che voglio sapere da te. Non aver paura. Non voglio altro da te. »

Lei si strinse ancora più forte il seno tra le braccia incrociate. « Sì, sì, ne ho sentito parlare, » disse, un poco rabbrividendo, anche di freddo.

« Come ne hai sentito parlare? »

« Da uno che è venuto qui. »

« Spiegati bene, » abbassò la voce perché la scavatrice si era in quel momento fermata, guardò i piedi nudi della negra sulla morbida moquette celeste, erano bellissimi con le unghie laccate di un rosa ciclamino sulla pelle così scura. « Spiega quando è venuto, come era. »

« È stato quasi tre mesi fa, era fine agosto, faceva ancora molto caldo, » disse la ragazza, precisa, « ed era venuto perché aveva saputo che qui c'era una negra. » Sorrise. « Io. »

« Poi? »

« Poi ha cominciato a raccontarmi che a lui piacevano le donne ‹ diverse ›. Era uno di quelli che hanno bisogno di parlare, per eccitarsi. Gli piaceva una negra, come me, era stato con una giapponese, ed era stato perfino con una lesbica. »

Era una ragazza intelligente, parlava un dolce italiano, appena un po' impastato, stranamente di romanesco. La scavatrice aveva ripreso il suo ossessionante rumore e lei alzò la voce. « Ma la donna che lo aveva interessato di più era stata una ragazza molto, molto grande, e a parlarne si eccitava e allora... »

« Allora? » disse Duca, nervoso.

Allora l'uomo, era un ometto, spiegò lei, molto piccolo, grassetto, l'aria da Pierino vizioso, si era scaldato sempre di più, e stringendola sempre più forte le aveva raccontato che a questa ragazza così grande grande, piaceva fare l'amore, con qualunque uomo, tutti i giorni e tutto il giorno. Era svanita, aveva detto il piccoletto grassetto continuando a stringerla, si vedeva che non era giusta, ma era una cannonata.

Una cannonata, pensò Duca. Era lei, il caso gli aveva fatto trovare subito, al primo incontro, la strada per arrivare agli assassini. Una cannonata, pensò amaramente.

« Che cosa ti ha detto d'altro? Ti ha detto in quale casa l'aveva trovata? »

« No, mi ha detto soltanto che non riusciva più a trovarla, perché nella casa dove l'aveva vista la prima e unica volta non c'era più e non gli avevano saputo dire dove fosse andata, ma che lui se la sognava la notte e che se l'avesse rivista avrebbe pagato anche mezzo milione. Mi faceva così ridere. »

« Come era questo tipo? » Voleva dire: « questo tipo al quale piacevano le donne ‹ diverse ›. »

Lei finì di descriverglielo, oltre essere piccolo, con pochi capelli, con la pancia, aveva una voglia sul collo, nerastra, piuttosto grossa che stava metà dentro e metà fuori del colletto della camicia.

« Che impressione ti ha dato? Secondo te cosa era, un ingegnere, un professore, un commerciante, un piccolo industriale, un artista? »

« Oh, artista no, » la negra rise e, sbloccata, smise di stringersi il seno con le braccia incrociate. « Commerciante o industriale, non un intellettuale, non era una persona fine. »

« Parlava con qualche intonazione dialettale? » disse Duca.

« Oh, sì, milanese, » la ragazza rise, « molto milanese. » Si alzò improvvisamente devastata in viso. « Mi lasci bere un poco? Sai, parlare coi poliziotti mi fa paura, ho già provato. »

« Bevi, » disse Duca, « e di me non devi avere paura, te l'ho già detto. » Era una splendida ragazza, un campione di femmina negra meraviglioso e aveva una nitida intelligenza. C'era da piangere a pensare allo scempio che lei faceva di se stessa, ma le vie della vita quasi sempre erano spinose e stupide. Lei attraversò la stanza nel raggio di sole, sia pure scialbo, che fece trasparire ancora di più i già trasparentissimi indumenti che la ricoprivano, aprì un'angoliera vicino alla finestra e, al raggio di sole, tirò fuori una bottiglia e un bicchiere. « Ne vuoi un poco? » Duca fece cenno di no e lei riempì il bicchiere, tornò a sedersi, bevette. Doveva aver messo quasi un quarto di whisky nel grosso bicchiere, e se ne bevette metà in pochi sorsi.

« Cerca di ricordarti qualche altro particolare, » le disse Duca, quando la vide un po' più calma, « qualche altro particolare di questo uomo. »

Lei assentì. Comprendeva benissimo ciò che lui voleva, e cercava di essergli utile, con tutta la sua buona volontà. Pensò, ricordando l'incontro con quel singolare cliente. « Mi ha detto anche che era stato con una nana. »

Non era un particolare molto interessante, ma le nane a Milano non dovevano essere in un numero infinito, rintracciando quella, ammesso che fosse ancora a Milano, che era stata con questo singolare collezionista di donne « diverse », e interrogandola si potevano avere altri particolari per rintracciarlo.

« Ancora, sforzati di ricordare, » disse Duca.

Lei finì di bere tutto il whisky, agitò un piede tenendo le gambe accavallate. « Oh, sì, sì, adesso ricordo. »

« Che cosa ricordi? »

« Parlava sempre di quella ragazza grande grande, mi aveva detto che se fosse riuscito a ritrovarla l'avrebbe pagata anche mezzo milione. »

« Questo me l'hai già raccontato. Vai avanti. »

« Poi mi ha detto, » lei ricordò ancora con schifo il piccoletto che la brancicava eccitato parlandole. « Mi ha detto, sai, io con la plastica guadagno un sacco di soldi. »

« Ti ha detto così: ‹plastica›, sei sicura? »

« Lo ricordo benissimo, ha detto ‹plastica›, ne sono sicura. »

Duca si alzò di scatto. Strinse i denti, per non gridare, per non dire nulla. Aveva in mano gli assassini. Si trattava soltanto di trovare un piccolo industriale o commerciante milanese in plastica con una grossa voglia al collo che stava metà fuori e metà dentro il colletto della camicia. Avrebbe scatenato Mascaranti alla ricerca di questo plasticaro, in meno di una settimana lo avrebbero trovato, e l'ometto che era stato con quella povera gigantessa, avrebbe indicato il postribolo dove l'aveva conosciuta e da qui avrebbero seguito la pista che avrebbe portato agli assassini. Ormai la ricerca della verità era in discesa, andava quasi da sola. « Grazie, » disse alla ragazza. « Grazie, grazie davvero. » Aveva nella voce il furore della vittoria.

Per uno straordinario caso, ogni tanto nella vita accade: nella prima osteria, diciamo nel primo bordello, aveva trovato la strada della verità. « Grazie, » disse ancora. « Come ti chiami? »

Lei era ubriaca, per l'improvvisa concentrazione di whisky e seduta sul divanetto a gambe larghe disse: « Mi chiamo negra prostituta, » disse.

Il raggio di sole che entrava nella stanza si spense di colpo, la lacca rosa lilla sugli alluci e sulle altre dita dei piedi della bellissima negra smise di rilucere.

« Perché ti butti via così? »

« E perché non dovrei farlo? È tutto una porcheria. »

« Forse non tutto, » disse Duca.

« Tutto. Anche tu. Vieni qui come un giovanotto che gli scappa la voglia al mattino presto e invece sei un poliziotto. » Le era scoppiata una forma di logorrea. « È tutto sporco, è tutto diverso da quello che sembra, ti sembra di avere un amico, e invece quello è un magnaccia. » Disse « magnaccia », che è un'espressione romana.

« Sei stata a Roma? » disse Duca.

« Sono romana, » lei disse. Si alzò e andò a prendersi ancora un quarto di whisky. « Certo, non discendo da Giulio Cesare, forse si vede dal colore della mia pelle, ma sono romana, sono nata e vissuta a Roma, non lo senti dall'accento, poliziotto? » Duca la lasciò bere e parlare. Certo, aveva sentito un po' di accento romanesco nella voce, insieme con quel leggero colore di portoghese che lo impastava. « La mamma mi ha portato in pancia a Roma, dall'Angola, e io sono nata in una casa che dava sul Tevere, ricordo solo l'acqua del fiume gialla che vedevo dalla finestra. Mio padre era venuto in Italia per conto del governo portoghese, poi sono scoppiati tutti e due nell'auto che si è incendiata, io avevo cinque anni, una vicina di casa, zitella, mi ha tenuto come sua figlia, fino a quattordici anni. » La logorrea continuava e Duca non l'arrestò. « Fino a quando un brutto magnaccione, il figlio di una vecchia ruffiana, non mi si è presentato come innamorato e poi, invece, mi ha portato qui a Milano a fare questo bel lavoro. E sono ancora fortunata. Siccome sono negra e giovane, cioè una curiosità, me la faccio nelle case di lusso, se no dovrei battere intorno alla stazione. »

« Ti ho chiesto il tuo nome, » disse Duca.

« Tientelo, » disse lei, dal piccolo comò prese una borsetta e gli tese un passaporto. « E portami dentro. »

Duca lesse nel passaporto il nome di lei: « *Herero Akaunu* », poi lesse: « *professione: casalinga* ».

« No, ti porto fuori, » disse Duca.

« Cosa vuoi, poliziotto? »

Va bene che era ubriaca e disperata, ma a lui non piaceva che lei si esprimesse così. « Non chiamarmi poliziotto. E vestiti. Ti porto fuori, vuol dire che ti porto via da questa pattumiera. »

« Non serve a niente, » lei disse alzando le spalle. « Fuori da questa pattumiera, si finisce in un'altra. Vuoi mandarmi dalle suore forse, per rieducarmi? »

« Non hai bisogno di essere rieducata, perché sei già perfettamente educata, » disse Duca, « non ti porto dentro, e neppure da suore, ho bisogno di te per cercare gli assassini di quella ragazza, ti metto in un buon albergo vicino alla questura e tu rimani a mia disposizione, capisci? »

Era evidente che capiva. « Tu adesso vieni con me. Fra dieci minuti qui arriverà una barcata di agenti e arresterà tutti, meno te, perché tu verrai con me. Ci sono magnaccia in questo appartamento? »

Lei alzò una spalla. « Ce ne sono sempre almeno un paio, controllano il lavoro, e anche la padrona della casa. »

« Allora vestiti, » disse Duca, « fra pochi minuti arrivano i nostri, non posso portarti via così. »

« Sarà una bidonata anche questa, » disse lei. Si tolse i calzoni dorati e trasparenti, il bolerino nero velato e aperto il piccolo armadio prese un pesante tailleur arancio. Il color arancio a una negra sta molto bene, pensò Duca.

4

Un minuto dopo, effettivamente, al comando di Mascaranti, arrivò un furgoncino cellulare, sei agenti più Mascaranti esplosero nell'appartamento, con l'aiuto del giovanotto in giacca di velluto verde e fecero un buon raccolto: oltre la padrona di casa, oltre le tre ragazze, trovarono infatti due giovanotti, uno grosso e volgarissimo, l'altro sciupatino e dall'aria cattiva, di evidente professione sfruttatori. Mascaranti si rifece dare dalla gentile padrona di casa il megadeca, cioè le centomila lire che Duca aveva dovuto pagare per entrare nella camera della negra. Ebbero anche la fortuna di sequestrare un'ottantina di bustine con capsule stenaminiche per clienti flebili che avevano bisogno di essere rinvigoriti. « Ve le farei mangiare tutte a voi due, » disse Mascaranti ai pappa. « Fuori! » Fece caricare tutta quella roba sul furgoncino dopo aver messo i sigilli alla porta e alle finestre dell'appartamento. In questura si sarebbe pettinato lui personalmente quella gente, e col pettine fitto, interrogandola cioè finché non avessero sputato tutto lo sporco, poi l'avrebbe passata alla bc, alla Buon Costume che li avrebbero ripettinati ancora più scrupolosamente.

Intanto Duca Lamberti, a sinistra, Livia Ussaro a destra, conducevano la bellissima negra in tailleur arancio in mezzo a loro all'albergo Cavour. A piedi. L'auto si era incastrata, guasta proprio al momento in cui lasciavano il lupanare. Anche queste sono cose che succedono nella vita.

Entrarono nell'atrio dell'albergo, suscitando vasto interesse in un gruppo di tedeschi che guardarono la negra romana come fosse stata il Duomo di Milano o il castello Sforzesco, una specie di grandioso, esotico monumento alla femminilità. Duca chiese una camera e insieme a Livia accompagnò la ragazza. Dovevano sostenerla ogni tanto perché era ubriaca quasi completamente, e appena in camera lei si buttò sul letto, nella borsetta arancio prese una sigaretta dal pacchetto e Duca gliel'accese. « Stammi a sentire, » le disse, « ripetimi il tuo nome, me l'hai già detto, ma sai, sono nomi difficili, non so parlare con una persona se non conosco il nome della persona con cui parlo. »

« Herero, » lei disse, gli occhi socchiusi per la sonnolenza data dall'alcool.

« Ah, sì, adesso lo ricordo, Herero, è un bel nome, » disse Duca.

« I miei erano hereros, Herero è il nome di una

tribù dell'Angola bantu, e per questo me l'hanno dato. »

Livia stava seduta all'altro lato della stanza, e ascoltava, ma guardava verso la finestra, non verso di loro, il viso coperto dai lunghi capelli spioventi, così le cicatrici si vedevano di meno. Guardava il miracoloso sole di una Milano fine ottobre non abituata a tanto miracolo.

« Vedi, Herero, adesso ti lascio qui con la mia amica, » disse Duca. « Non è un'ausiliaria, è soltanto una mia cara amica che mi aiuta un po' nel mio lavoro. Guarda che non è che ti sorvegli, ti tiene solo compagnia. Avrei dovuto portarti in questura, ma tu stai poco bene, e mi sarebbe dispiaciuto, qui starai meglio. » Da medico aveva capito subito qual era il male della ragazza: uccidersi. Era sull'orlo del suicidio come un bicchiere è sull'estremo orlo del tavolo, e cade. Voleva impedirlo. Continuò: « Ho bisogno del tuo aiuto, Herero, solo per qualche giorno, poi te l'ho promesso, sarai libera. »

« Vorrei bere, » disse Herero. « Whisky, se c'è del Mackenzie. »

Duca fece un cenno a Livia che si alzò e andò al telefono. « Una bottiglia di whisky. Avete del Mackenzie? » Livia depose il ricevitore. « Sì, hanno il Mackenzie, » disse. Restò vicino alla finestra a guardare il sole.

« Cosa devo fare, poliziotto? » La negra si alzò di scatto e andò alla finestra, vicino a Livia. « Avanti, parla, non mi offri questa camera di grand hôtel e le bottiglie di whisky, per niente. »

« Sì, te le offro per niente. Ti chiedo un favore, ma se non vuoi farmelo, pazienza, avrai lo stesso grand hôtel e Mackenzie e sei libera di uscire anche in questo momento, se vuoi, non ti terrò una settimana dentro, non ti darò la libertà vigilata. Esci pure. Ma se puoi farmi il favore che ti chiedo, mi aiuterai molto. »

Lei non rispose, il cameriere entrò con la bottiglia di whisky, il ghiaccio, i bicchieri. In silenzio lei si avvicinò al tavolo, si servì un'abbondante razione, piangeva, mutamente, senza singhiozzi, andò a sedersi ancora sul letto, col bicchiere in mano, bevette piangendo, parlò piangendo in quel suo modo silenzioso e immobile: « Scusami se ti ho detto poliziotto. »

« Per me è un onore, » disse Duca, « se me lo dicono con rispetto. »

« Scusami se te l'ho detto senza rispetto. » Sulla pelle nerissima del viso, le lacrime che lei non asciugava prendevano, per il vago alone di sole che entrava nella stanza un vivido colore iridescente.

« Qualche volta si è nervosi, » disse Duca, « non importa. »

« Dimmi che cosa devo fare, » lei disse, bevette ancora.

« La ragazza grande grande della quale ti ho parlato, » disse Duca, « è stata uccisa, l'hanno bruciata viva in un mucchio di sterpaglie, e io cerco i suoi assassini. Aiutami a ritrovarli. »

« Dimmi che cosa devo fare, » lei ripeté con la monotonia che le dava l'alcool.

« Tu avrai delle amiche, delle colleghe, forse parecchie, » disse Duca. « Da quanto fai questo lavoro? »

« Da quando avevo quattordici anni, poliziotto, » ma glielo disse con tutto rispetto, con accorato rispetto e anche con improvviso passionale affetto, rimettendosi a piangere quel suo muto, immobile pianto dalle misteriose ragioni che Duca non voleva assolutamente indagare: « Sai, la vicina di casa che mi aveva adottato dopo che erano scoppiati i miei genitori, scoppiò anche lei che avevo quell'età, quattordici anni, allora ci fu una signora sua amica che mi prese lei e mi mandò a letto con dei vecchi bavosi. »

Parlava chiaro, se non altro, e raccontava le storie più vecchie del mondo. « Perché dici scoppiare, invece che morire? »

« Perché ho conosciuto uno che diceva così, quando avevo quattordici anni, era il figlio della gentile signora che mi ospitava e divenne il mio amore ‹ per sempre ›. » Bevette, poi con le dita si asciugò le lacrime. Aveva smesso di piangere. « Da allora ho guadagnato più soldi della filiale di una banca, cioè mi passavano per le mani, qui in Italia non hanno pregiudizi razziali, le negre piacciono, più sono negre pure, e io sono una pura bantu. Più faccio la negra, più pagano, qualunque cosa, ma io non vedevo una lira, quella signora e il suo pupo mi pulivano tutto, e così mi hanno pulito tutto gli altri, e io stupida che credevo a quei magnaccioni, e ci crederò fino a chi sa quando. » Bevette un altro sorso. « Dimmi che cosa devo fare, » ripeté.

« Quello è un telefono, » le disse Duca indicando l'apparecchio. « Ti faccio avere tutte le guide telefoniche che vuoi, d'Italia, d'Europa, del Sud America e dell'estremo oriente. Tu telefoni a tutte le tue amiche, le tue colleghe, tutte quelle che conosci, in qualunque posto siano e dici, ascolta bene. »

« Ascolto, » lei disse.

« Tu dici a queste amiche, a queste colleghe, » disse Duca, quasi scandendo le parole. « Avevo una carissima amica, si chiamava Donatella, era alta quasi due metri e pesava un quintale, lavorava con me fino a pochi mesi fa, poi l'ho persa di vista, non ne ho saputo più niente, mi piacerebbe rivederla, tu ne sai qualche cosa? Una ragazza così grande ne sentono parlare un po' tutti, tu ne hai sentito parlare? Prova a domandare anche alle tue amiche. Queste sono le parole precise che devi dire, te le ricordi? »

« Certo che me le ricordo. Sono ubriaca, ma non sono deficiente. »

« La mia amica ti aiuterà. Scriverete tutto quello che verrete a sapere su questa ragazza. Ricordati anche questo, la ragazza che è stata bruciata viva si chiamava Donatella Berzaghi, aveva ventotto anni, era una minorata mentale. Aiutami a scoprire i suoi assassini. »

« Ti aiuterò, te lo prometto. »

« La mia amica ti farà avere tutte le guide telefoniche che vorrai. »

« Non ne ho bisogno. Ho una collega che è una specie di agenzia internazionale delle puttane. » Si era risvegliata. « Ha tutti gli indirizzi e i numeri di telefono. »

« Hai amiche anche fuori d'Italia? »

« Un po' da per tutto, anche in Marocco, una in Grecia, una a Rio de Janeiro. »

Duca si alzò. « Grazie. »

« Niente, da questo momento telefonerò da per tutto finché non avrò saputo qualche cosa. »

Duca andò verso la porta. « Ancora due favori, molto piccoli. Uno, bevi finché vuoi, ma se berrai un po' di meno mi farai molto piacere. »

« Non ci riesco, lasciami perdere. » Lei scosse il capo. « Qual è l'altro favore? »

« L'altro favore è che vorrei conoscere il nome del tuo ultimo pappa. »

Lei sorrise con disperata dolcezza. « Lascia perdere anche questo. Non te lo dico. »

Duca annuì. Guardò Livia. « Vado, Livia. » Poi disse con voce chiara, davanti alla negra che ascoltava: « Non lasciarla sola neppure un minuto, neppure quando va in bagno. Appena volti l'occhio questa si butta da qualche finestra. »

Col bicchiere di whisky in mano, lei, Herero, la bantu, disse: « Sì, certo, ma dopo aver fatto le telefonate per te. »

Duca uscì, percorse i duecento metri fino alla questura, salì al suo ufficio e chiamò subito Mascaranti.

« Dottore, scusatemi se vi ho fatto aspettare, » disse Mascaranti entrando ansante, « ma uno di quei signori che abbiamo preso mi ha sputato in faccia e stavo lavandomi. Sono contento perché quello si prende sei mesi per oltraggio a pubblico ufficiale. Contentissimo. »

Strano mondo in cui può darsi il caso che uno sia contento di aver preso uno sputo in faccia, ma ai poliziotti accadono cose ancora più strane. « Ecco, Mascaranti: cerco un uomo, intorno ai cinquant'anni, con una grossa voglia sul collo che gli sta metà dentro il colletto e metà fuori. È uno che lavora nella plastica, qui a Milano. Ci sono molti plasticari, con grandi e piccole industrie, questo deve essere uno piccolo, al massimo medio, se fosse molto grande, non frequenterebbe le case di appuntamento. »

Mascaranti aveva cominciato a scrivere le annotazioni: « Basso di statura, con voglia sul collo, grande, metà fuori, metà dentro il colletto, piccolo medio industriale della plastica, » i plasticari con una voglia così, a Milano, non dovevano essere molti.

« È urgente, » disse Duca. « Trovalo presto. » Pensò che ci sarebbe voluta almeno una settimana. « Ah, dimenticavo, mandami quel giovanottino con la giacca di velluto verde. »

« Sì, signore, sta piangendo, » disse Mascaranti. « Nella sua celletta. L'agente di guardia è venuto a dirmelo che piangeva. »

« Mandamelo subito su, » disse Duca.

Il giovanottino arrivò in pochi minuti, aveva davvero gli occhi ancora rossi di pianto e il viso dall'espressione molto spaventata.

« Perché piangi? » gli disse Duca.

« Mi aveva promesso che mi avrebbe lasciato libero, invece mi ha messo dentro. Poi se vengono a sapere che ho fatto la spia alla polizia mi ammàzzano. »

Duca disse calmo. « Ti avevo promesso che ti avrei lasciato libero e infatti ti lascio libero. Ti ho fatto mettere qualche ora in cella perché non ti venisse l'idea di fuggire all'improvviso. Adesso, fra pochi minuti sarai libero, per quanto nessuno dovrebbe mantenere le promesse con sfruttatori come te. È una mia debolezza di mantenere sempre le promesse e la parola, anche quando sarebbe meglio, molto meglio, non farlo. Quindi sei libero, fra due minuti l'agente ti accompagnerà fuori e potrai riprendere a fare le tue porcheriole. Però mi devi ancora aiutare, se no non ti lascio uscire. Non voglio molto: voglio soltanto che qualunque cosa senti nel tuo distinto ambiente su una ragazza molto grande, quella che tu sai, me lo devi venire a dire, a me personalmente, qui. E poi voglio anche un numero di telefono dove possa trovarti, sempre, o dove ci sia qualcuno a rispondere che possa ritrovarti subito. Non uscire da Milano, non fare viaggetti, se no ti dichiaro guerra. » Fece segno al milite di lasciarlo andare pure all'inferno.

Poi gli venne in mente sua sorella che si trovava in Sardegna con il grande Càrrua e pensò di scriverle due righe, l'ultima volta, una cartolina, gliel'aveva scritta oltre un mese prima. Sopra un foglio di blocchetto di economicissima carta grigia cominciò: « Lorenza cara ».

Capitolo 3

Donatella, chiusa nella sua stanza, chiamava papà con tutta la sua voce, facendo vibrare i vetri della finestra. L'anziano signore che era con lei si era rivestito in fretta, sotto lo choc di quelle urla disperate che sembravano feroci barriti di elefantessa impazzita: « Papà, papà, papà. »

1

Duca ebbe rimorso di aver sottovalutato troppo il suo migliore collaboratore. Aveva pensato che sarebbe occorsa una settimana, invece Mascaranti gli sbatté sulla scrivania il plasticaro dalla macchia sul collo, frequentatore di postriboli di lusso e amante delle donne « diverse », in meno di trentasei ore.

« Grazie, » disse Duca, « siediti e scrivi. »

Felice di poter scrivere Mascaranti sedette alle spalle del signore. Era un signore evidentemente agiato, evidentemente milanese, evidentemente floscio tutto all'interno, e assolutamente incapace di dire: « Voi non avete il diritto di trascinarmi qui in polizia a quest'ora di notte, non sapete chi sono io, io sono un industriale, un cittadino onesto... » E infatti non lo disse. Aveva solo il viso pallido di paura. Non disse nulla.

« Scusi se l'ho disturbata a quest'ora, » disse Duca. « Desideravo soltanto un piccolo aiuto da lei, lei vorrà aiutare la giustizia, io spero. »

« Oh, sì, sì, » disse il signore con quella grande voglia sul collo che veniva fuori a metà dal colletto. La voce gentile di Duca, lo rincuorò, e non che gliene importasse molto della giustizia, aveva solo paura che avessero saputo che andava a giocare in un « circolo culturale » regionale o che era stato due volte con minorenni, molto minorenni. « Quello che posso fare, volentieri. »

« Avevo soltanto bisogno di una informazione, » disse Duca, ancora più gentile. « Qualcuno ci ha detto che lei una volta si è accompagnato con una ragazza... »

Cominciando a divenire sempre più pallido in viso, anche la paura di un infarto, il cavalier Salvarsati, proprietario di una piccola ma redditizia fabbrica di oggetti in plastica — facevano anche gli infilaaghi che esportava in tutto il mondo — attese con terrore il resto della frase che nella sua mente era scolpita a lettere di fuoco: *Qualcuno ci ha detto che lei una volta si è accompagnato a una ragazza... di tredici anni.* Ma per quanto lui si fosse veramente e così acerbamente accompagnato, Duca non gli disse quelle parole.

Gli disse: « ... a una ragazza un poco più alta del normale, era alta due metri, pesava anche molto, quasi un quintale, e lei l'avrebbe trovata in un luogo di compiacenza. »

L'uomo annuì subito, e arrossì, non certo per vergogna, ma per il sollievo che l'incubo della tredicenne fosse scomparso. « Sì, mi pare... » Ricordava molto bene, ma non voleva impegnarsi.

« Guardi che si tratta di una ragazza molto grande, » disse Duca, paziente, comprendendo umanamente tutti i problemi di quel laborioso e sensuale milanese. « Non è una donna un poco più alta delle altre, o un poco più pesante. Se lei si è accompagnato con questa ragazza dovrebbe ricordarsene, senza aver dubbi. »

« Mi pare di sì, ma non sono sicuro, » disse pavido, ma deciso a non compromettersi con affermazioni impegnative, era il longobardo che prima d'impegnarsi riflette bene.

Duca alzò il ricevitore del telefono. Occorre molta pazienza coi plasticari. « L'hôtel Cavour, » disse al centralinista. Dovette aspettare un po' cercando di non guardare la grossa voglia del suo dirimpettaio. Poi ebbe la stanza dove erano Livia e la negra.

Livia rispose subito. « Sì? »

« Come va? » disse Duca.

« Bene, continuiamo a telefonare, » disse Livia.

« Non avete trovato ancora niente? »

« No, niente, anche ad Algeri non ci sono tracce. Adesso stiamo per chiamare Assisi. »

« Scusa, » disse Duca, « non ho sentito bene. » Aveva udito benissimo ma voleva una conferma. « Volete telefonare ad Assisi? »

« Sì, Assisi, perché... »

Duca interruppe Livia: « No, me lo spiegherai dopo, adesso vieni subito qui con la nostra amica. »

« Sì, » lei disse.

Deposto il ricevitore, Duca disse al cavalier Salvarsati. « Per favore attenda qualche minuto. » Tese la mano verso Mascaranti che gli dette subito una sigaretta e gliel'accese. « Lei non fuma? »

« Sì, grazie, » disse lui, ma non accettò le Nazionali di Duca, tirò fuori una royal size inglese e Mascaranti con ironica cortesia gliel'accese. Non ebbe il tempo di fumarne neppure metà che un milite fece entrare Livia e la negra. La vista dell'angolese romana fece posare di colpo la sigaretta sul portacenere al cavaliere.

« È questo l'uomo del quale mi hai parlato? » disse Duca, a Herero.

« Certo che è lui. » Era piuttosto ubriaca, non stava neppure molto bene in piedi.

« Dalle una sedia, » disse Duca a Livia.

L'uomo della plastica diveniva quasi verde. Guardava la negra che Livia faceva sedere vicino a lui.

« Lei conosce questa donna? » disse Duca.

E quello dette ancora la solita risposta, non osava

neppure mentire del tutto: « Mi pare, sa, non sono molto fisionomista... »

Mascaranti ebbe un brevissimo scatto di riso che impaurì ancora di più l'uomo che aveva risposto alla domanda in quel modo insulso. Anche il milite sulla porta ebbe un sorriso.

« Per favore, signor... » disse Duca.

« Cavalier Salvarsati, » suggerì Mascaranti.

« Per favore, » continuò Duca, « lei non è accusato di nulla, nessuno vuole mandarla all'ergastolo, non deve avere paura di niente. Io voglio soltanto che lei risponda a qualche mia domanda. Più presto risponde e più presto sarà libero. Fra cinque minuti lei se ne torna a casa se non continua a rispondermi: ‹ Mi pare, mi pare ›... »

Da buon milanese il cavalier Salvarsati capì di aver di fronte un uomo leale e non un bidonista.

« Sì, ho visto questa ragazza, » disse indicando con lo sguardo Herero, alla sua sinistra.

Questa volta fu Herero ad avere un brevissimo scatto di risa. « Lui lo chiama ‹ vedere ›, » disse, e perfino Livia dovette fare uno sforzo per non sorridere.

« La signorina afferma che durante il vostro incontro, » disse Duca, « lei le ha raccontato di aver conosciuto in un appartamento di compiacenza una ragazza molto alta e molto pesante. Questo è vero, sì o no? »

Il fatto che Duca si alzasse di scatto dopo aver fatto la domanda, terrorizzò del tutto il piccolo industriale longobardo. « Sì, è vero... era molto grande... molto. »

« Era questa? » Duca gli sbatté davanti la foto che prese dalla cartella che aveva preparato sulla scrivania.

« Sì, sì, questa. »

« Ancora poche domande, » disse Duca. « L'indirizzo di questo luogo dove lei si è incontrato con questa ragazza. Non mi dica che non se lo ricorda. E il numero di telefono. »

Mentre Mascaranti registrava ogni minima parola, ogni sospiro quasi della conversazione gentile che si svolgeva nel gentile ufficio, l'uomo disse: « No, mi ricordo benissimo, » e disse il nome della via, e il numero.

« E il numero del telefono? » insisté Duca. « Se mi tira fuori la sua agenda e me lo dice subito, evitiamo molte perdite di tempo. Nella sua agenda probabilmente c'è il numero, con l'aggiunta: ‹*Notaio Berruti*›, oppure ‹*Società per l'importazione estratti ferrosi*›, in modo da confondere le idee alla moglie che curiosasse in quelle paginette. Avanti, signor... »

« Salvarsati, » suggerì ancora Mascaranti.

« Avanti, il numero, » disse Duca. Guardò Livia. « Portala a casa, » intendeva all'albergo Cavour e guardò Herero che ciondolava completamente ubriaca sulla sedia. « E sorvegliala. »

« Stai tranquillo, » disse Livia. Con amorevolezza fraterna sollevò Herero dalla sedia. « Vieni cara. »

Duca guardò uscire le due donne, poi batté una mano sul tavolo perché cominciava a essere stufo di quel molliccio, piccolo industriale, così ricco da poter spendere magari un milione al mese nei suoi svaghi sessuali e così vile e contorto da fargli perdere tutto quel tempo. « Fuori il numero di telefono, dico! »

Con un cardiaco rossore in viso l'uomo della plastica disse: « Non avevano neppure il telefono, era una storia a inviti volanti. »

Duca lo guardò. Non capiva che cosa potesse significare l'espressione « storia a inviti volanti ». « Che cosa vuol dire? »

Prima dell'uomo verde di paura, rispose Mascaranti: « Il telefono è divenuto una cosa pericolosa, dottore, anche con tutti i trucchi che usano. Le case più di lusso fanno oggi le cose a invito. Ci sono distinti signori che hanno relazioni con facoltosi uomini maturi, come il cavalier Salvarsati, che li incontrano per qualche ragione di lavoro, o al bar, o perfino al ristorante e, una volta individuato il tipo giusto gli propongono: ‹ Le piacciono le rosse? Io ne conosco una molto carina, molto gentile, se vuole l'accompagno io, in un posto tranquillo. › Sono i mediatori del... », e Duca finse di non udire il termine. « Al cavalier Salvarsati si sarà presentato uno dicendo se voleva fare conoscenza con una signorina lunga due metri, bellissima, sarebbe costata un po', ma ne valeva la pena. Questo mediatore si sarà fatto dire dal cavalier Salvarsati il giorno e l'ora che lui preferiva per vedere la ragazza e in quel giorno e in quell'ora lo avrebbe accompagnato in qualche appartamento di comodo, sempre diverso. È per questo che lo chiamano a inviti volanti e lui non può darle il numero del telefono. È sincero. »

Duca si fece dare un'altra sigaretta. Domandò a quel tipo: « È vero che le è accaduto così? Che uno le ha proposto una ragazza ‹ diversa › dalle altre, una gigantessa? »

« Sì, sì, è vero. » Ormai vinto, confessò tutto, vicino al collasso, « me ne ha proposto anche molte altre, sono fatto così, dottore, non posso cambiarmi... Mi vergogno anch'io, tante volte. »

Duca ebbe terrore che il piccolo industriale si mettesse a piangere, sarebbe stato troppo per la sua pazienza. « Cerchi di calmarsi, » gli disse. « Mi dica chi era quest'uomo, » intendeva il mediatore.

« Devo avere anche il suo biglietto da visita, » disse

il plasticaro, tirò fuori finalmente la sua agenda, piuttosto grossa, piena di biglietti e bigliettini di ogni genere, cercò affannato, e trovò.

Il biglietto da visita che Duca lesse diceva: « *Donato de Vittorio - Consulente legale* ». Seguiva l'indirizzo e ben due numeri di telefono, quello d'ufficio e quello di casa. Duca lo passò a Mascaranti. « Domattina portami questo signore, » cioè il mediatore. Come poliziotto era ancora molto indietro, non sapeva ancora che esistevano i postriboli su invito volante, con prenotazione. Si rivolse all'uomo sull'orlo del pianto e del collasso. « Torni tranquillo a casa. La ringrazio delle sue informazioni. »

2

Dopo poche ore, in un furgoncino guidato da uno dei più anziani militi della questura — anche i poliziotti invecchiano — e con dentro altri militi, questi però giovani, Duca arrivò all'indirizzo che gli aveva dato il piccolo industriale, dove esso si era incontrato con la sfortunata Donatella Berzaghi. Si trattava di una via in pieno centro, erano le nove del mattino, e appena il furgoncino si fermò, Duca notò due cose, che una scavatrice ruggiva furiosamente continuando ad allargare una enorme buca, e che questa enorme buca era il luogo dove sorgeva una volta il palazzo in cui entrava l'uomo dalla voglia sul collo per i suoi incontri sentimentali, anche con ragazze minorate. Per scrupolo chiese conferma a un verduraio lì vicino, domandandogli se quella buca che costituiva le fondamenta di un nuovo palazzo che dovevano costruire, corrispondeva al numero 18 del vecchio palazzo demolito.

« Ah, sì, l'era propri el desdòtt, » disse il verduraio.

Andare a fare una retata in una casa d'appuntamento, col furgoncino e gli agenti e trovare che la casa d'appuntamento è demolita e c'è un buco al suo posto, è già un'amara e ridicola sorpresa per un buon poliziotto, ma l'amarezza e il ridicolo raggiunsero il colmo quando Duca ricordò un altro rumore di scavatrice, quello di tre giorni prima, quando era nella stanza della disperata bantu romanesca, e si rese conto della situazione.

Il palazzo che avevano demolito, e dove vi era stato il luogo di piacere, era a cavallo di due viette elegantissime del pieno centro. Lui, col suo inutile furgoncino carico di agenti, era nella vietta di qua e sentiva la scavatrice, ma tre giorni prima lui era in un palazzo della vietta di là, in affabile conversazione con una negra e sentiva ugualmente la scavatrice.

Se avesse avuto dello spirito, Duca pensò che avrebbe dovuto ridere: demolisci una casa d'appuntamento di qua, e ce ne è un'altra dall'altra parte.

E ritornando in questura fece una constatazione ancora più deludente. Come ritrovare i proprietari di quell'appartamento compiacente in cui era stata ospitata Donatella? Oh, certo, era possibile, ma un po' lungo. Il palazzo, con un minimo di quattro piani, a cavallo di due vie, doveva avere un minimo di una ventina di appartamenti, alcuni comprati, alcuni in affitto, qualcuno anche in subaffitto, ci sarebbero voluti mesi e mesi, inseguendo quella traccia, e decine di agenti, quando mancava il poliziotto per accorrere dal tabaccaio rapinato. Da quella parte non c'era niente da fare. Meglio non pensarci più.

E arrivato nel suo ufficio lo attendeva qualche cosa di ancora più deludente. Venne Mascaranti, gli mise davanti il biglietto da visita della notte prima: « Donato de Vittorio - Consulente legale », oltre l'indirizzo e i numeri telefonici, e gli disse: « Qui è tutto fasullo. »

« Cioè? »

« Cioè non esiste una via Colchitor, a Milano, ho chiesto conferma all'ufficio toponomastico del comune. Poi sono fasulli anche i numeri del telefono. »

Duca li guardò, sul biglietto da visita, gli sembravano numeri di telefono perfettamente normali. « Perché sono fasulli? »

« Perché sono ancora da assegnare, » disse Mascaranti. « Ho svegliato questa mattina alle otto, per telefono, un capoccia della Stipel che mi ha spiegato la cosa, perché io ho telefonato un'ora di seguito a questi due numeri, e non si sentiva mai nulla, né libero, né occupato. Mi ha spiegato che zona per zona loro hanno i numeri base per i nuovi utenti. Lei, dottore, compra una villetta a San Siro, vuole il telefono e allora le assegnano un numero, ma questo numero, finché non le è stato assegnato non esiste: è come bussare su una tomba e domandare: ‹ Permesso, c'è qualcuno? › »

Il macabro paragone irritò ancora di più Duca. « E il nome? Qui c'è un nome: *Donato de Vittorio*. Te ne sei interessato del nome, se è fasullo o no? »

Mascaranti gli tese una sigaretta per calmarlo e gliel'accese. « Non ho voluto perdere neppure un minuto a fare delle ricerche, » disse Mascaranti, « non so quanti Donato de Vittorio vi siano qui a Milano o in tutta Italia. Ma non valeva la pena di saperlo. Io volevo andare da questo signore, in via Colchitor e guardo sulla guida, e via Colchitor non c'è, chiedo al comando dei vigili urbani e neppure loro hanno mai sentito dire questa via, sveglio il capoccia della toponomastica e lui mi dichiara ufficialmente che mi hanno fatto uno scherzo. E ce l'hanno fatto, » anche Mascaranti era arrabbiato. « Scusi, dottore, se io facessi il mediatore di quel genere lì, le pare che mi farei fare i biglietti da visita con su scritto il mio nome vero con indirizzo e telefono vero? Rastrelliamo ogni notte gentaglia che ha due o tre carte d'identità e per fargli dire qual è il nome giusto dobbiamo farci scoppiare il fegato a interrogarli. Certo che scrivo un nome falso, certo che con qualche bigliettone mi faccio dire da uno sporco impiegatello quali sono i numeri non ancora assegnati, certo che invento il nome di una via che non esiste, l'importante è di presentarsi come consulente legale o come ingegnere minerario, per contattare vecchi somari bavosi che cercano di rialzarsi il morale con le donne. » Rise nervoso.

« Calmati, » disse Duca. Mascaranti aveva perfettamente ragione, e avrebbe potuto pensarle anche lui, quelle cose, ma si vede che stava istupidendo. C'erano delle tracce, sì, l'ometto con la voglia al collo, una casa d'appuntamento che, benché demolita, permetteva vaste ricerche, e anche quel biglietto da visita, si sarebbe potuto rintracciare la tipografia che l'aveva stampato, scovare lo sporco impiegatello che aveva fornito al mediatore i numeri non assegnati, ma sarebbe stato un lavoro lungo, molto lungo che avrebbe richiesto l'impiego di decine di squadre e di uffici specializzati, e lui invece voleva risolvere subito quel terribile e orribile problema.

Aveva ancora una speranza. « Esco un momento, » disse Duca a Mascaranti.

:nflessibile, in piedi lei disse: « Io non le telefono chiederglielo, comunque anche se le telefonassi per ederglielo non mi darebbe il nome del suo amico. »
Che furore. Il pastore sardo non dice alla polizia il ne del bandito che gli ha ucciso suo fratello, la vec- etta siciliana non dice il nome del mafioso, che pur conosce, che ha ucciso il figlio della sua più cara ica, e le puttane non dicono il nome dell'abietto in- iduo che le riduce nella loro tragica schiavitù. Con- uassero, continuassero pure con quei loro « punti nore ». Già da molto tempo pensava che qualche ta bisognava punire non solo i colpevoli, ma anche loro vittime che per insensibilità morale si lascia- no torturare. « Dammi almeno il nome della tua ica che adesso sta a Assisi. »
Lei, Herero Akaunu, era andata a sedersi sul letto spegnere la sigaretta sul portacenere che era sul nodino. « Il nome ce l'ha già la tua amica poliziotto. dovuto chiamarla a un telefono pubblico di Assisi, uindi la tua amica se l'è scritto sull'agenda. » Spense e il mozzicone. « Ma stai attento. Io ho creduto in per questo ti ho aiutato a cercare quegli assassini. lasciala perdere, è una poveretta malata e infelice non potrà e non vorrà dirti niente più di quello ha detto a me. Non trascinarmela qui a Milano e interrogarla per giorni e notti per farle sputar fuori è il suo magnaccia, perché allora vorrebbe dire che he tu non sei quello che sembri, come nessuno lo vorrebbe dire che non sei il bravo ragazzo che sem- che cerca di far bene il suo lavoro, ma sei solo una rca carogna di poliziotto. »
Duca si rivolse a Livia. « Dalle il foglietto dove hai tto il nome della sua amica. » Livia lo strappò su- o dall'agenda che levò dalla tasca e lo dette alla

3

In un minuto arrivò all'hôtel Cavour, entrò nella stanza.

C'era solo Livia. « Dov'è? » le disse duro.

« In bagno, sta' tranquillo, » disse Livia.

« Ti ho detto di sorvegliarla anche in bagno. »

« Va bene, Duca, » aveva tanta pena di quando gli sentiva quella voce cattiva, segno che soffriva. Bussò alla porta del bagno e disse: « Aprimi, per favore. »

« È aperto, signorina della polizia, non sono mai stata chiusa in bagno. »

Livia aprì la porta ed entrò. Herero era in piedi nella vasca da bagno, sotto il violento getto freddo della doccia. Dopo pochi minuti comparve davanti a Duca seduto rigido su una seggiola che la guardò, ancora viva, con sollievo. Il bagno è il posto più comodo per ammazzarsi.

« Cosa vuoi? » disse lei, « potrò fare una doccia? »

« Scusami, » disse Duca, « volevo sapere qualche cosa delle telefonate. »

Livia disse: « Le abbiamo fatte tutte, ha telefonato a tutte le sue amiche, ma non abbiamo trovato nulla. »

« Mi hai parlato di Assisi. »

« Sì, sembra che ci sia qualche cosa, laggiù, ma è un po' vago, » disse Livia.

« Ho cercato una mia amica, ho saputo che da diversi mesi era malata, » disse lei, la bantu, « e che era tornata dai suoi ad Assisi. »

Strani percorsi della vita, pensò Duca, una nasce ad Assisi e va a battere a Milano, poi si ammala e torna ad Assisi.

« Sono riuscita a trovare il suo indirizzo ad Assisi e l'ho fatta chiamare al telefono pubblico, appena le ho spiegato la cosa lei mi ha subito detto che l'aveva vista, questa ragazza, anche se una sola volta, mi ha detto anche il nome di lei, Donatella. »

Duca s'irrigidì ancora di più sulla sedia. « Per favore, vai avanti. »

« L'aveva vista in una casa, una volta che la ragazza... » disse Livia.

« Sì, Donatella. La ragazza era sempre chiusa nella sua stanza, nessuna delle altre l'aveva mai vista prima, non sapevamo neppure che esistesse, non aveva mai girato per l'appartamento, ma una notte tutta la casa fu messa a subbuglio. »

Donatella, chiusa nella sua stanza si era messa a urlare, chiamava *papà* con tutta la sua voce, facendo vibrare i vetri. L'anziano signore che era con lei si era rivestito in fretta, sotto lo choc di quelle urla continuate e intrattenibili che sembravano feroci barriti di elefantessa disperata, papà, papà, papà, dovevano sentirle fino in piazza San Babila, in via Manzoni, in piazza Cavour, la ragazza sfarfalleggiava per la stanza, nuda, battendo anche contro i mobili, i muri, le sedie, ferendosi, e continuando a ruggire, con quella sua voce sanguinante di disperazione, papà, papà, papà.

Erano accorsi tutti, non solo la padrona, non solo i soliti due sfruttatori di guardia, ma perfino le altre ragazze della casa, perfino le due anziane cameriere, perfino la cuoca, mentre, come era naturale, i pochi ma danarosi clienti, fuggivano con tutta la velocità che le poche forze consentivano loro, perché il cardiochirurgo x, o il noto giovane editore y non poteva farsi trovare con le mani nel sacco in ambiente così dégagé.

L'amica di Herero era entrata nella camera di Donatella quando i due sfruttatori avevano già ridotto all'impotenza la gigantessa, che non gridava più papà,

l'avevano colpita con un pugno, la bocca
ancora. « Fuori di qui, baldraccone! » avev
dei due sfruttatori.

Non occorreva quel gentile avvertiment
no fuggite fuori, subito terrorizzate, e l'ar
rero non era più tornata in quella casa.

« Ma la tua amica ti avrà detto almeno l'
questa casa. »

« Certo, » disse Livia, rispondendo in l
bantu che stava accendendosi una sigare
scritto io. »

Duca lesse l'indirizzo e chiuse gli occhi
momenti in cui la vita è veramente malvagia
il numero di quell'indirizzo corrispondevano
dove era stato poche ore prima cioè alla gro
dove una grossa scavatrice dalle otto alle cinq
di far saltare i nervi ai milanesi della zona. «
ti ha detto d'altro, la tua amica? » chiese a
Pazienza se mancava la casa d'appuntamento,
stata addirittura demolita, ma almeno si foss
sapere il nome della proprietaria del luogo, av
cazioni sui due sfruttatori, sulle altre ragazze,
sulle cameriere, sulla cuoca: ogni nome in pi
poteva racimolare poteva portare più rapidame
scoperta della verità.

« Niente, » lei disse, l'occhio lucido, senza or
whisky. « Lo so quello che vuoi sapere e gliel'h
sto, e se lei lo avesse saputo me lo avrebbe det
non sa niente, era lì quella sera per la prima vo
è stata anche l'ultima perché il suo amico non l
luto più... »

« Fatti dire almeno il nome del suo amico, lui
chi era la padrona di casa, chi erano i due pappa
casa, ti prego. »

ragazza. « Non ne abbiamo bisogno, » disse Duca. « Ti darò io un indirizzo. » Scrisse su un foglietto gualcito che aveva in tasca il proprio nome e indirizzo, aggiunse anche il numero « rosso » del suo ufficio. « Questo è il mio nome, col telefono di casa, e sotto quello della questura, se avrai bisogno di qualche cosa ti aiuterò. Vai pure. Sei libera. Ti ringrazio dell'aiuto che mi hai dato. »

La ragazza prese il biglietto, se lo mise nella tasca del morbido tailleur arancione e disse, rigida: « Posso andare? »

« Certo, » disse Duca.

Herero Akaunu, rigida pur nella flessuosità della sua figura, andò alla porta, l'aprì e uscì, senza più volgersi, senza più una parola.

Livia inghiottì saliva dalla tensione nervosa. « Credi che andrà ad ammazzarsi? » disse.

« Non lo so, » disse Duca, « e non so se ho fatto di tutto per evitare che si ammazzi. Probabilmente no. »

Livia andò davanti al comò dove vi era la bottiglia del whisky e un bicchiere ancora sporco del rossetto di Herero. Lavò il bicchiere nel bagno, tornò e si versò un sorso di whisky. Ne aveva molto bisogno.

« Voglio un consiglio da te, » disse Duca.

« Sì. »

« Per ritrovare gli assassini di Donatella non abbiamo nessuna rapida traccia. Io speravo di risolvere la questione in una settimana o due al massimo. Qui invece ho delle tracce che forse finiranno per portarci alla soluzione, ma ci vorranno dei mesi, e mesi, io non sono capace di questi lavori d'agonia. Posso lasciare tutto in mano a Mascaranti che piano piano, anche con tutto il lavoro che ha già, scopre la verità. Posso farlo?

Sono stufo di queste povere donne, di queste pattumiere di sfruttatori, di questi vecchi bavosi che spendono anche mezzo milione per le loro depravazioni, e delle ruffiane che gli trovano le ragazzine, le gigantesse, le nane, le scimmie, e chi sa quale altra nefandezza. Basta, basta, preferisco un franco, coraggioso rapinatore che salta sul tavolone delle banche col mitra puntato, preferisco quelli che assaltano i treni postali, gli scassinatori, i ladri di tabaccherie, ma non la schifezza di questo mondo di sanguisughe sulla pelle di povere disgraziate. »

« È appunto per veder sempre meno di queste schifezze, » disse Livia rigidamente, « che devi continuare questo lavoro. Mascaranti non basta, occorri anche tu, occorrono anche molti altri, più siete contro questa schifezza, più riuscirete a farla diminuire. Se cominci a lasciar perdere tu, che sei uno dei cervelloni, che cosa deve fare il povero poliziotto che rastrella corso Vittorio per controllare i documenti ai pappa che passeggiano sotto i portici, per curare le loro galline nascoste nelle vie laterali? »

Forse per due o tre minuti Duca non rispose. Poi disse: « Grazie, Minerva. » Avrebbe continuato, ancora più duramente di prima, il momento di depressione era finito. « Dobbiamo ricominciare tutto da capo, dobbiamo ritrovare quel giovanottino dalla giacca di velluto verde, dobbiamo ricominciare il giro di questi postriboli di lusso, dobbiamo dare la caccia ai ruffiani maschi e femmine che possono aver conosciuto e sfruttato Donatella e che poi l'hanno uccisa... »

« Calmati, » disse Livia.

Capitolo 4

Aveva vuotato completamente tutta la stanza della sua bambina. Smontato mobile per mobile e messo tutto in cantina. E le bambole le aveva messe in sacchi di plastica e aveva aspettato un mattino il camion della nettezza urbana e aveva controllato che gli uomini buttassero i sacchi nella voragine dei rifiuti. Vi sono ricordi intollerabili, che fanno morire, e lui invece voleva vivere fino al giorno in cui gli assassini di sua figlia non fossero stati puniti.

1

Il signor Amanzio Berzaghi uscì dal bar vicino a casa sua, in viale Tunisia, zoppicando un poco di meno perché l'alcool, la grappa, aveva appunto quell'effetto strano di rendergli più sciolte le articolazioni del ginocchio leso. Aveva bevuto forse un po' più del solito e uno che non l'avesse conosciuto non si sarebbe accorto che era un po' claudicante tanto quella sera camminava sicuro, quasi agile, nonostante la sua non agile mole.

Aprì la porta di casa, sempre, però, con la solita riluttanza, non gli piaceva tornare a casa da quando non c'era Donatella. Era un venerdì sera, era l'una di notte passata, aveva potuto fare così tardi e bere tanta grappa perché faceva la settimana corta e l'indomani, sabato, avrebbe potuto dormire, ma nonostante l'euforia per l'alcool, quella casa in cui da troppi mesi viveva senza la sua bambina, senza la sua Donatella, gli dava malessere e vi entrava ogni volta a fatica.

Accese subito la luce perché il buio, come a un bambino, gli faceva paura, e subito vide quella cosa. Era metà sotto la sua scarpa e metà fuori. Era una lettera. La tenne un poco sotto il piede, cercando di capire. Con fatica, attraverso i fumi della grappa, comprese che la lettera era stata infilata sotto la fessura della porta.

Spostò il piede, si curvò e raccolse la lettera. La busta non aveva alcuna intestazione e non era chiusa. La guardò a lungo, senza aprirla, poi tirò fuori il foglietto che conteneva e lo lesse. Restò lì un po' di tempo, a leggere e rileggere il biglietto che era nella lettera. Poi si mise lettera e biglietto in tasca, andò in bagno, aveva preso d'improvviso a zoppicare, ancora più del normale, fece appena in tempo ad arrivare in bagno e vomitò nel lavabo, niente, perché non mangiava quasi più niente, ormai, ma vomitò, il niente.

Poi, scrupolosamente, da scrupoloso e pulito milanese, si tolse la giacca e fece una scrupolosa pulizia, poi si rimise la giacca, nel silenzio ormai assoluto dell'infinitamente desolato appartamento, attraversò il corridoio ed entrò nella piccola sala da pranzo che serviva anche da salotto, accese tutte le luci, sedette al tavolo e, sotto la luce del paralume vicino, rilesse il biglietto.

Lo rilesse fino alle tre del mattino, lo rileggeva metodicamente, forse ogni due minuti, forse lo lesse più di cinquanta volte o cento? Poi si alzò e andò nella sua stanza da letto. Vicino alla sua vi era quella di Donatella. Come ogni sera aprì la porta e accese la luce nella stanza della sua bambina.

Era assolutamente vuota. Non vi era nessun mobile, era un semplice quadrato vuoto, anche la lampadina che pendeva dal centro del soffitto era nuda, una nuda lampadina appesa a un nudo portalampade. Prima, quando c'era Donatella, era un lussuoso lume rivestito di un vetro iridato da cui pendevano decine di bestioline di plastica della mitologia disneyana, di cui Donatella era appassionata, Topolino, Bambi, Pluto, Paperino.

Ma lui aveva tolto tutto. Si possono tenere i ricordi della propria bambina morta, così, per una broncopolmonite, per un incidente qualsiasi, ma tenere i ricordi della figlia rapita da bestie sanguinarie, che gliel'avevano poi bestialmente e sanguinosamente uccisa, questo no, non poteva. Dopo aver visto Donatella all'obitorio, aveva vuotato la stanza, per non vederla, per non ricordarla più, come se non l'avesse mai avuta, ci sono ricordi intollerabili, bisogna cancellarli dalla propria anima.

Uno per uno aveva smontato i mobili della stanzetta di Donatella e li aveva sistemati nello scantinato del palazzo. Una per una aveva incartato le innumerevoli bambole che costellavano il letto, il divanetto della sua bambina, le due poltroncine, la mensolina della finestra, uno per uno aveva staccato i mitologici personaggi disneyani che pendevano dal lume al centro del soffitto, li aveva messi in vari sacchi di plastica e una mattina aveva atteso l'autocarro della nettezza urbana e aveva atteso personalmente che gli operai buttassero quei sacchi nella voragine del rimorchio. Se si fosse tenuto quelle bambole o quei topolini, quei paperini, quei bambi, sarebbe impazzito o morto. Lui invece voleva vivere, e lucido, fino al giorno in cui gli assassini di sua figlia sarebbero stati scoperti. Aveva conservato solo le fotografie di sua figlia. Tutto il resto che potesse ricordargliela, no.

Per questo la stanza era vuota, come dopo un trasloco, ma nonostante il vuoto, Amanzio Berzaghi ogni volta che rientrava in casa apriva la porta di quella stanza e quella stanza vuota, desolata, gli si riempiva d'improvviso, gli si riammobigliava, ritornava il lettino, il piccolo comò, le bambole, le bestioline che pendevano dalla lampada ondeggiavano ancora, il carillon con la piccola giostra girava e suonava sempre.

Amanzio Berzaghi spense la luce e richiuse la porta, era troppo pratico per non capire che quell'aprire la porta della stanza vuota ogni volta che arrivava a casa era un gesto vuoto di senso, perfino ridicolo. Eppure lo compiva lo stesso.

Andò nella stanza vicina, la sua e di « sua povera moglie ». Si spogliò meticolosamente e scrupolosamente, si mise sotto le coperte e chiuse gli occhi. Ma non spense il lume sul comodino, non lo spegneva più da quando era morta sua moglie e aveva dovuto cominciare a vegliare lui sulla sua bambina.

Così disteso, gli occhi chiusi, continuava a rileggere la lettera. A memoria. Ormai la sapeva parola per parola, e rivedeva nella sua mente, nitidamente, la scrittura, molto grande e disordinata.

2

Continuò a leggersela, infinite volte, tutta la notte, così.

Questi sono i nomi e gli indirizzi degli assassini di tua figlia:

1) Franco Baronia: è quello che ha ammazzato tua figlia a colpi di pietra. Abita in via Ferrante Aporti 86 con la sua amica, che si chiama:

2) Concetta Giarzone, è una vecchia baracca e fa la guardarobiera in un night. È lei che ha aiutato a rapire tua figlia.

3) Michelone Sarosi, lo conosci benissimo, è il barista del caffè dove vai a prendere i tuoi grappini. E conosci benissimo anche gli altri due perché erano clienti del bar.

Niente altro, non c'era scritto niente altro. E lui non fece che ripetere, cioè rileggere nella sua mente, a occhi chiusi, immobile, rigido, quelle parole: *Franco Ba-*

ronia: è quello che ha ammazzato tua figlia. Oppure: *Concetta Giarzone: è lei che ha aiutato a rapire tua figlia.*

Si sentì meglio solo alle nove, ora in cui aveva fissato di alzarsi. In bagno, stette male, cadde in terra, forse per qualche secondo rimase senza sensi. Continuava a pensare, anche, che proprio la sera prima aveva parlato con Michelone, il barista, uno degli assassini di sua figlia. Solo otto ore prima Michelone gli serviva la grappa e faceva lo spiritoso con un altro cliente sulla schedina del totocalcio da riempire l'indomani, sabato.

Quando rinvenne riuscì a sollevarsi in piedi aggrappandosi alla vasca da bagno, pensò che conosceva bene anche gli altri due, clienti assidui e fedeli del bar, amici del barista Michelone che chiamava lei « Concettuzza », e lui « Francolino ».

Radendosi concluse che la lettera diceva la verità. Da persona anziana ed esperta, era anche prudente e non aveva potuto credere subito a quel biglietto. Ci sono anche scherzi malvagi. Si tolse tutto il sapone da barba dal viso e passò un po' d'alcool sulle guance. Chi aveva scritto quel biglietto conosceva le cose e i fatti. Sedette sulla vasca da bagno perché gli girava ancora la testa e aveva paura di cadere ancora. Quando si sentì un po' meglio uscì.

Il bar dove lavorava Michelone era a pochi metri. La soddisfazione, per un padre, di guardare negli occhi, e parlare, con l'assassino della propria figlia, era veramente grande, e lui voleva provarla. L'aveva visto anche la sera prima, ma la sera prima non sapeva che Michelone era l'assassino di sua figlia, invece adesso lo avrebbe veduto sotto quella veste.

Entrò nel bar, a poche decine di metri da casa sua.

Erano anni che veniva lì, due volte al mattino, due volte nel pomeriggio, una volta la sera. Non beveva sempre la grappa, molte volte prendeva il cappuccino, qualche volta un amaro. Era lo squallido bar del benessere di massa. C'era tutto, il flipper, il juke-box, il televisore, la radio che suonava in sordina quando non c'erano programmi alla televisione, la saletta semiappartata coi tavolini coperti di panno verde per giocare a carte, un settore del bar con frigorifero a vetro da cui si vedevano prosciutti, salami, quarti di groviera e una distesa sterminata di bacinelle di vetroplastica con le acciughe, i carciofini, i capperi. C'era il piccolo forno per le pizze, c'era un altro settore del banco con le paste e le focacce in busta di plastica, più una specie di palazzo di vetro delle nazioni unite, composto di caramelline, con gomma o senza, di un'infinita varietà di gusti, e perfino con la vitamina C contro l'influenza.

« Non c'è Michelone? » disse Amanzio Berzaghi, arrivando al banco.

Il padrone del bar che stava guardandosi negli specchi delle scaffalature per le bottiglie, e che quindi gli voltava le spalle, disse senza voltarsi, osservandosi sempre nello specchio, forse un foruncolo o qualche pelo superfluo o qualche macchia della pelle che lo interessava particolarmente: « Buongiorno, signor Berzaghi. » Si volse affaticato. « No, non c'è. »

« È il suo turno di riposo? »

Il padrone sorrise acido. « Lui ne fa tanti di turni di riposo, quando vuole, e viene qui quando vuole, e io me lo devo tenere perché gli altri sono anche peggio. » L'aria di brav'uomo non la perdeva neppure con quell'agrezza in corpo. « Una grappa, signor Berzaghi? »

« Sì. » La bevette di colpo. Mise i soldi sul registratore di cassa e mentre il padrone gli dava il resto domandò: « Forse viene oggi nel pomeriggio? »

« E come faccio a saperlo? » disse il padrone. « Il signorino viene quando gli viene l'ispirazione, e se ne cerco altri è una faticaccia. » Si servì una grappa anche lui. « Deve dirgli qualche cosa? »

« Sì, » disse Amanzio Berzaghi, « non è urgente. »

Uscì dal bar. Camminava zoppicando pesantemente, e pensava che stava dirigendosi verso via Ferrante Aporti numero 86. E ci arrivò, sotto un cielo che si stava guastando, senza nebbia ma grigio, sedette due minuti a riposarsi su una panchina del giardinetto, dalle aiuole senza erba, soffocato dal fianco destro della stazione centrale che gli incombeva addosso e dalle quattro vie che gli correvano intorno, ruggenti di un caotico traffico di camion postali, di taxi neurotici, di mastodontici autocarri che arrivavano da lontane città. Sapeva che non doveva andare in via Ferrante Aporti 86, ma appena ebbe ripreso fiato e il dolore al ginocchio si fu un po' calmato, si alzò e imboccò via Ferrante Aporti.

Dopo il palazzo delle poste cominciò a pensare a come avevano fatto a mettergli quella lettera sotto la porta. Era un milanese riflessivo, voleva riconoscere il fondo delle cose. Lui la sera prima era uscito di casa verso le undici per andare al bar, a bere e a vedere il telegiornale, unica trasmissione che lo interessava. Alle undici il biglietto in casa sotto la porta non c'era. E alle undici i portoni delle case sono chiusi. Poi era tornato in casa all'una, e aveva trovato quella lettera. Quindi quella lettera era stata messa sotto la porta da una persona che aveva la chiave del portone, cioè un inquilino. Oppure quello che gli aveva messo la lettera sotto la porta aveva aspettato sulla strada che qualcuno entrasse per entrare anche lui? Poi si domandò che importanza avesse questo per lui. Chiunque fosse stato a portargli quella lettera, in qualunque modo gliel'avesse portata, non gli serviva.

Fermo davanti al semaforo rosso ebbe un brivido, non per il freddo, ma per la visione che aveva, dentro gli occhi cespugliosi, non fuori, della sua bambina annerita, cotta, sul tavolo dell'obitorio, visione che gli ritornava, sadicamente spietata, più volte al giorno, più volte alla notte, e che niente riusciva a spegnere.

Il semaforo divenne verde. Egli attraversò l'incrocio con quel brivido dentro, che poi gli passò appena arrivò davanti al numero 86 di via Ferrante Aporti, e si irrigidì tutto, come avesse una spada d'argento infissa in lui, che lo tenesse rigido e inesorabile.

« La signorina Concetta Giarzone, » disse con cortesia lombarda al portinaio, pur con quella spada d'argento in sé.

Fu forse il termine « signorina » che dette quel senso di sorriso all'espressione del portinaio? « Settimo piano. » Aggiunse sadico: « L'ascensore è guasto. »

« Non fa niente, » disse Amanzio Berzaghi, dolcemente. Avrebbe fatto a piedi tutti i piani dell'Empire State Building, sorretto da quella rigidezza dolorante e disperata che sentiva dentro di sé.

Salì un piano alla volta quella nuova e pur già puzzolente casa che dava sull'intrico folle dei binari della stazione centrale e dei treni che correvano epiletticamente su di essi. Gli ultimi tre piani, però, li fece metà per volta, arrivato al settimo piano c'era una porta sola, senza nessuna targhetta. Prima di premere il campanello, riprese fiato, e quando il suo respiro fu tranquillo, mise l'indice sul bottoncino bianco sporco e schiacciò. Udì nettamente il ronzio del campanello.

Capitolo 5

Oggi i delinquenti non hanno più alcun pudore, alcuna paura, parlano tranquillamente in trattoria, in mezzo alla gente, con gli amici e le loro baldracche, che la mattina dopo andranno ad ammazzare la mamma, e la mattina dopo, infatti, l'ammazzano. E la gente che ascolta fa finta di non aver sentito.

1

« Fermati, deve essere da queste parti, » disse Duca a Livia.

Livia, al volante, rallentò dolcemente. Sul sedile dietro c'era Mascaranti e il giovanotto dalla giacchetta verde oliva che adesso però aveva un paltoncino marroncino coi bordi di pelliccia.

« Sì, è qui, » disse Mascaranti, « a un centinaio di metri passato il distributore di benzina. »

Scesero tutti, meno il giovanotto, tutti e tre, nel crepuscolo precoce di quel sabato di novembre. Erano sulla provinciale da Milano a Lodi. Anche senza nebbia, il grigiore, sempre più rabbuiantesi, era tale che sembrava la nebbia vi fosse.

« È pressappoco qui, » disse Mascaranti. Intendeva che il luogo dove era stata trovata, bruciata, Donatella Berzaghi, era pressappoco lì. Venti metri più in là, venti metri più in qua. Duca guardò, l'infinita piattezza della pianura col verde che stava imputridendo sotto l'imminente ondata dell'inverno. Guardò il nastro della strada, nerastro sporco nello sporco verde della pianura e risalì in auto. Perché aveva fatto quella sosta turistico-cimiteriale? Non aveva nessuna importanza il luogo dove Donatella Berzaghi era stata uccisa, aveva importanza trovare i suoi assassini e adesso forse li aveva trovati.

« Svelta, a Lodi, » disse a Livia, che partì violenta.

Aveva dovuto ricominciare tutto da capo. Con Livia che guidava, col suo giovanottino e con Mascaranti, aveva rastrellato la Milano del sesso, pagliuzza per pagliuzza. Non basta, si era portato appresso quella specie di identikit che si era potuto fare del pappa che il giovanottino aveva incontrato alla pizzeria *Billie Joe*, e lo aveva mostrato a tutte le poverette e a tutti i loro sadici sfruttatori, ma la risposta era stata sempre la stessa, monotona, deludente: no, no, no, no. Per settimane. Poi, d'improvviso, una torinese di diciannove anni, che in una di quelle case si mise gli occhiali per guardare meglio l'identikit, con gli enormi seni che si appoggiavano sullo schematico disegno venti per trenta perché vi si curvava sopra per vederlo meglio giostrando con gli occhiali per metterli meglio a fuoco: « Non si può mica dire molto da quèsta roba, » disse con caldo accento piemontese con tutte le *e* aperte, « pèrò io quèst'èstate sono stata a Lodi con un tipo come quèsto, la bocca diritta, me la ricordo, e le sopracciglia tutte unite, da un occhio all'altro. Era un tèrrone. »

Mascaranti era un terrone anche lui, ma tacque.

« E dove sei stata a Lodi, con questo? » domandò Duca.

« Da un suo cugino che ha un bar con alloggio sullo stradone. Se poi è suo cugino io non lo so, oggi siamo tutti cugini. » La ragazza smise di pesare col seno sull'identikit, si eresse, si tolse gli occhiali, sorridendo con arguzia molto torinese.

« E perché ti aveva portata a Lodi, da suo cugino? » aveva domandato. Con tutti i letti che ci sono a Milano, andavano a Lodi.

« Mi ha dètto che dovèva andare da questo cugino a parlare di un affare, » rispose la piemontese con tutte le « e » aperte al massimo, « e che ci saremmo fatti una bèlla mangiata gratis, suo cugino cucinava bène, e poi il rèsto nella più bella stanza dell'albergo. »

Sarebbe stata una traccia tanto vaga da destare pietà: una donna che guardando quel penoso identikit pensava che rassomigliasse a un giovane che diversi mesi prima l'aveva portata a Lodi da suo cugino che aveva un alberghetto sullo stradone, per fare una bella mangiata, e il resto.

Ma era presente il giovanottino, il cicerone del meretricio che li guidava e che aveva detto: « Sì, adesso ricordo, quel ragazzo al *Billie Joe*, mi ha detto che aveva un cugino a Lodi che aveva un alberghetto... »

Duca era esploso e Mascaranti aveva dovuto trattenerlo. « Perché non me l'hai detto un mese fa, brutta melma? »

«Non mi è venuto in mente. »

Brutta, brutta melma, sfruttatori, smidollati, privi di onore, di dignità, di coraggio e anche di memoria. Duca pensò che si sarebbe guadagnato un mese di tempo se quella porcheria si fosse ricordato di dirgli, un mese prima, il particolare del cugino che aveva un albergo sullo stradone, a Lodi.

« Vai più piano, » disse a Livia.

Ma adesso stavano andando verso la soluzione. Si vedevano già le luci di Lodi, sul cielo ormai di un terroso inchiostro notturno. Con le indicazioni puntigliose della puntigliosa piemontese individuarono subito l'albergo ristorante, alle porte di Lodi, disposto in una dolce rientranza della strada illuminata come un albero di Natale da lucine colorate sistemate nei bassi scheletrici alberelli appena piantati.

Livia fermò sotto la tettoia per il parcheggio, scesero tutti e quattro.

« Mascaranti, resta fuori e guarda le uscite, » disse Duca.

« Cercherò, » disse spiritoso Mascaranti, si palpò, con lieve voluttà, il rigonfio della giacca dove teneva la rivoltella. Che qualcuno si provasse a uscire fuggendo da quell'accogliente alberghetto. Ne avrebbe avuto molto, molto piacere, lui.

Duca, Livia e il giovanottino entrarono. L'ingresso dell'alberghetto dava sul bar. Il bar era deserto, si aveva la sensazione precisa che quella piccola costruzione, in quella verde umidissima pianura lodigiana, fosse totalmente vuota, anche se molte luci erano accese.

A sinistra, oltre un'arcata, si vedeva la sala da pranzo, dai tavoli tutti apparecchiati, dai bicchieri che scintillavano malinconicamente, sotto una malinconica semiluce. A destra, un'altra arcata, portava in quello che doveva essere il bureau dell'albergo. E in una nicchia, dietro un banco che serviva da scrivania, c'era un signore che si alzò al vederli arrivare e andò loro incontro, con uno stentato sorriso.

Era un uomo piccolo, dai capelli scurissimi, e nello stesso tempo troppo striati di fili bianchi, era magro, ma il naso era dilatato, e portava grandi occhiali rotondi attraverso cui fissava con uno sguardo pieno di intelligenza, ma anche di tristezza, di stanchezza.

« Desidero parlare col proprietario di questo albergo, polizia. » Duca mostrò la tessera.

« Sono io, » disse il piccolo signore attraverso i suoi grandi occhiali, col suo sguardo acuto e stanco. « Vuole vedere i registri e le camere? Non ho nessun ospite, in questo momento. » Parlava corretto, anzi, forbito.

« No, » disse Duca. « Cerchiamo una persona. Ci hanno detto che lei ha un cugino pressappoco così. » Si rivolse a Livia. « Fai vedere. »

Livia alzò l'identikit che teneva lungo il braccio, e lo tese davanti al piccolo signore.

Tutto il viso del piccolo signore si contrasse in più punti, come fossero sorte nella sua pelle tante piccole pinces, poi egli disse, ma con semplicità, l'inimmaginabile, con un intenso tono meridionale: « Meno male, ci siete arrivati, così adesso dormo più tranquillo. »

Dopo un attimo di esitazione, Duca, stordito lui stesso, gli disse indicando il bar: « Andiamo di là. »

2

« Chi è questo qui, » disse Duca, indicando l'identikit che Livia aveva appoggiato su una sedia. Erano seduti tutti e quattro su un divanetto del bar, davanti a uno striminzito tavolo. Il silenzio e la solitudine erano assoluti. Oltre quell'uomo, forse nell'albergo non vi era nessuno. Aveva pensato che ci sarebbe stato tanto da lottare contro il solito « No, io non so niente, non ho visto niente, non è vero niente », invece sentiva che la porta della verità si stava spalancando.

« Mio cugino, » disse quieto il signore dai neri capelli rigati da fili bianchi.

Del resto, Duca osservandolo meglio vide che rassomigliava abbastanza anche lui all'identikit disegnato sul cartellone. Disse a Livia: « Vai a dire a Mascaranti di venire qui con noi. » Non c'era più alcun bisogno che Mascaranti facesse la guardia. « Vorrei bere qualche cosa, un po' di vino bianco, » disse al proprietario dell'albergo.

« Subito, » disse quello alzandosi.

Tornò Livia con Mascaranti. Per due lunghi minuti tutti e cinque, Duca e Livia, Mascaranti, il proprietario e il cicerone pappa, stettero in silenzio a bere. Poi Duca fece segno a Mascaranti di cominciare a scrivere. Quel vino bianco era uno dei migliori e non sapeva per niente di tappo. « Come si chiama, suo cugino? »

« Come me, » disse quel signore, posando il bicchiere perché aveva bevuto anche lui, e avidamente, il buon vino bianco.

« Cioè? »

« Franco Baronia, » disse lui, « fra cugini può capitare, e a me, purtroppo è capitato. » Aggiunse: « Però lui è Franco Baronia fu Rodolfo, mentre io sono Franco Baronia fu Salvatore. »

Teneva alla distinzione. Duca domandò, mentre Mascaranti era pronto a scrivere: « Che rapporti vi sono tra lei e suo cugino? »

« Rapporti di prepotenza, » disse l'altro, esplicitamente.

« Cioè? »

« Cioè, bisogna fare la storia. Io sono venuto al nord quattordici anni fa, ho fatto miseria e fame poi ho cominciato ad avviarmi, Milano è una città generosa, ho messo da parte un po' di soldi, e cinque anni fa ho aperto questo locale. Adesso con l'autostrada del sole c'è un po' meno movimento, ma me la cavo ancora bene. Poi... »

Duca non lo spinse a proseguire, lo lasciò riflettere in silenzio e l'altro dopo un poco, a capo basso continuò: « Finché non mi arrivò dal sud quel bel regalo, mio cugino. Sapevo che era un delinquente e gli ero stato sempre alla larga, ma mi arrivò qui morto di fame, stracciato, puzzava, mentre io avevo invece questo albergo, e sa come siamo noi meridionali, i parenti sono sempre parenti, lo tenni qui, lo ripulii, lo misi a lavorare. Che dovevo fare? Era mio cugino, si chia-

mava come me. Ma non c'è stato niente da fare. Come cameriere dava fastidio alle clienti, e poi era troppo rozzo. In cucina non voleva aiutare, perché diceva che gli dava il voltastomaco. Le pulizie non voleva farle perché non si abbassava. Mi rubava i soldi dei conti, le bottiglie della cantina e del bar, e questo sarebbe stato ancora il meno, portava qui le coppie di nascosto mio, si faceva pagare lui e naturalmente non le scriveva nel registrino, così se fossero venuti i carabinieri mi avrebbero chiuso il locale. Quando mi sono accorto di questo l'ho buttato fuori. Non so come lui non fece storie se ne andò e per due anni non lo vidi più. Poi due anni fa ritornò, con due ragazze e un amico. Dovetti dargli da mangiare, a tutti e quattro, e le stanze. Tutto gratis. L'unica cosa che riuscii a ottenere fu che mi desse i documenti, io le stanze senza documenti non le do, ma lui, una volta che gli davo da mangiare e le camere senza pagare, mi dava tranquillo i documenti delle ragazze e degli amici. Arrivava ogni tanto, o solo con una ragazza, o con due, tre, e anche quattro coppie. Mangiavano e bevevano che mi svuotavano l'albergo e nelle stanze facevano bordello. Una volta gli dissi di non farsi più vedere, se no avrei chiamato la polizia, lui mi rispose che se avessi chiamato la polizia, poi lui mi avrebbe bruciato l'albergo. Io sono assicurato ma, sa, preferisco che l'albergo non bruci, e mio cugino era capacissimo d'incendiarlo, ci si sarebbe divertito. Così ho sopportato, ci rimettevo centinaia di migliaia di lire in pranzi e festine che lui veniva a fare qui coi suoi amici, ma l'albergo non bruciava. Per questo, quando lei mi ha domandato che rapporti vi erano tra me e mio cugino, io le ho risposto: rapporti di prepotenza. »
Si alzò, perché era entrata una giovane coppia, lei con una luminosissima pelliccia di plastica biondo chiaro,

lui col giacchettone, biondo e di plastica anch'esso, coi risvolti di pelliccia di pecora. « Mi dispiace, signore, è chiuso, » disse al giovane. « Stiamo traslocando. »

« Chiuso? » il giovane era molto deluso, la ragazza sembrava rabbiosa col suo compagno.

« Sì, signore, mi dispiace molto. » La coppia uscì e Franco Baronia, fu Salvatore, però, chiuse la porta a chiave dietro di essa, poi andò a chiudere anche l'altra porta d'ingresso, e tornò al tavolo davanti a Duca. « Scusi, » si servì un altro po' di vino.

« A una diecina di chilometri da qui, » disse Duca, « è stata trovata, bruciata viva, una ragazza di proporzioni eccezionali, altezza due metri, peso un quintale, l'hanno seppellita ancora viva in un covone di sterpaglie al quale hanno poi dato fuoco. Questa ragazza si chiamava Donatella Berzaghi. Dalle indagini che abbiamo fatto, » la voce di Duca risuonava burocratica nel deserto di quell'albergo immerso nel deserto della deserta pianura lodigiana, « dalle indagini che abbiamo fatto sembra che lei sappia qualche cosa di questo fatto. »

« Sì, so qualche cosa. » Franco Baronia, fu Salvatore, però, non fu Rolando, disse ancora: « Forse tutto. »

Perfino Duca sentì un certo senso di freddo, come quando sta per arrivare la febbre. Quello era davvero un interrogatorio inusuale. Nella maggior parte dei casi, per strappare la minima ammissione a una persona interrogata bisogna spremerla per ore, invece il piccolo uomo aveva detto che sapeva qualche cosa, forse tutto, subito, spontaneamente.

« Vuole spiegarsi? » disse Duca.

« Certo. Una sera mio cugino arrivò qui con due donne e due amici. Una delle due donne era appunto molto alta, credo anch'io due metri e doveva pesare parecchio. » L'uomo parlava con placida disperazione, sembrava un malato di cancro rassegnato a morire. « Mio cugino veniva sempre qui con donne, di ogni genere, e ormai avevo capito da un pezzo che mestiere faceva. Non era difficile capirlo. Ma quando veniva qui l'unica cosa che pretendevo erano i documenti. Lui poteva fare lo sfruttatore finché voleva, io non potevo impedirglielo, ma le persone che vengono nel mio albergo devono avere i documenti. E me li feci dare, anche quella volta, da tutti. La ragazza mi faceva pena, erano in due a tenerla, sembrava addormentata e disfatta, l'altra era un tipo di baldraccona che conoscevo perché mio cugino se l'era portata qui parecchie volte, era la sua mediatrice. »

Nessuno sorrise. Era impossibile, di fronte al viso di quell'uomo che si disfaceva sempre più man mano che egli si svuotava del suo acre e crudele carico. Duca disse: « Se lei ha chiesto i documenti, lei sa quindi chi sono queste persone che sono venute da lei quella sera. Può dirmeli? »

« Subito. Sono scritti nella matrice del blocchetto dove dobbiamo registrare i dati dei documenti delle persone che ospitiamo in albergo. Glielo faccio vedere subito. » Franco Baronia si alzò e andò nella sua nicchia ufficio, a frugare in una scaffalatura.

« Potrei bere un po' di whisky? » disse il cicerone giovanottino, « il vino bianco non mi piace. »

« No, » disse Duca. Voleva anche il whisky.

« Daglielo, » disse Livia, « sta male, guardalo, è molto pallido. »

« E perché sta male? Che ha? » disse Duca.

« È un mese che sta nelle tue grinfie, » disse Livia, « tu non lo sai che cosa significa, » lei immaginò un topolino tra le grinfie di un gatto, che ci giocava per un mese.

« Vai a prenderti il whisky, » disse Duca. Disse a Livia: « Non immaginavo da parte tua tanta compassione verso i pappa. »

Mascaranti tossì, perché non poteva ridere.

Dalla sua nicchia, dopo aver a lungo frugato nella scaffalatura tornò il gentile signore così sincero, proprietario dell'albergo. Tese a Duca un grosso blocchetto di cui erano rimaste solo le matrici.

« Ecco, guardi qui, dal numero 29665 al numero 29668 ci sono i nomi delle quattro persone che sono state qui quella sera. »

Duca prese il blocchetto e lesse. « Scrivi, » disse a Mascaranti. « Donatella Berzaghi. » C'era il numero della carta d'identità e tutto il resto, ma non occorreva.

« Donatella Berzaghi, » disse Mascaranti scrivendo.

« Franco Baronia, » disse Duca, aggiunse: « Fu Rodolfo, » per distinguere la bestia, dal gentiluomo che aveva davanti.

« Franco Baronia, fu Rodolfo, » ripeté Mascaranti, scrivendo.

« Concetta Giarzone, » disse Duca.

« Concetta Giarzone, » ripeté Mascaranti scrivendo.

« Michelone Sarosi. »

« Michelone Sarosi, » scrisse Mascaranti.

« Che cosa accadde quella sera? » domandò Duca.

Il piccolo uomo disse: « Entrarono qui d'improvviso, quei quattro, mio cugino mi chiese una camera, io avevo il locale pieno, quella ragazza così alta e vistosa attirava l'attenzione, anche perché si vedeva che dormiva in piedi, forse stava male. Per evitare uno scandalo li mandai subito tutti in una stanza, ma mi trattenni i documenti, di tutti. Dopo mezzanotte il locale si svuotò, cominciai a chiudere aiutato anche dal cameriere che mi fa da barista, e quando anche il cameriere fu andato via, cominciai a sentire delle urla. Una voce di donna urlava: ‹ Papà, papà, papà! › »

Duca cercò tendendo la mano, la pietà di una sigaretta da Mascaranti, e la ebbe, e il pappino che aveva a fianco gliela accese. Era già la seconda volta che sentiva di una voce di donna che gridava papà, papà, papà.

« Corsi subito di sopra, » disse il piccolo gentiluomo, sconvolto anche lui al ricordo. « Bussai alla porta di quei quattro fetenti, non avevo altri ospiti quella sera, e sentivo ancora più alta quella voce disperata che gridava papà, papà, papà. Mi venne ad aprire mio cugino e mi disse d'impicciarmi degli affari miei. Io avevo capito di che cosa si trattava e gli dissi di andarsene via subito, se no avrei chiamato la polizia. »

« E di che cosa si trattava, secondo lei? » domandò Duca.

« Non era difficile da capire, avevano corrotto quella povera ragazza, l'avevano fatta fuggire di casa, la imbottivano di alcool e di droghe, e se la portavano in giro per prostituirla. Ma ogni tanto a lei, poverina, veniva in mente la famiglia, il padre, e in qualche crisi gridava papà, papà. »

Era una spiegazione perfetta. « Vada avanti, » disse Duca.

« Allora mio cugino mi disse che se io chiamavo la polizia mi avrebbe spaccato la faccia e poi avrebbe bruciato l'albergo. Era la solita minaccia, sono anni che me la fa, ma quella volta non mi lasciai spaventare. Gli dissi che gli davo tempo cinque minuti perché se ne andassero, altrimenti chiamavo la polizia, e corsi da basso, al telefono, pronto a formare il numero a costo di farmi ammazzare. Mio cugino capì che facevo sul serio e scese subito con la ragazza e con gli altri due. Erano tutti e tre a tenerla, così grande come era, non camminava più, dovevano trascinarla, ma continuava a chiedere di suo padre, ormai senza quasi più voce. La caricarono in macchina e se ne andarono via. » Franco Baronia rialzò il capo, di solito quando parlava lo teneva basso. « Due giorni dopo sul giornale, ho letto che a una quindicina di chilometri da qui, una donna, che i giornali hanno chiamato una gigantessa, era stata bruciata in un mucchio di sterpi. Non poteva essere che la ragazza che mi avevano portato nell'albergo, e quelli che l'avevano messa lì a bruciare, forse viva, non potevano essere che i suoi accompagnatori. »

« Perché non ha avvisato la polizia, se aveva capito tutte queste cose? » disse Duca.

Il piccolo gentiluomo lo guardò negli occhi. « Perché sono un disonesto, come mio cugino, anche se in un modo diverso, » disse. « Io non lavoro alla prostituzione e non ammazzo, come mio cugino, ma cerco di stare a galla. A Catania ho una moglie e quattro figli, questo albergo, per metterlo in piedi, mi sono rotto le ossa per anni e anni. E se avviso la polizia, mi casca tutto. Allora disonestamente ho pensato che sarei stato zitto. Se la polizia mi trovava, pazienza, ma se non mi trovava meglio. È un ragionamento da ladro, lo so, ma io sono cugino di mio cugino, e buon sangue non mente. »

Duca si alzò. Andò dietro il banco del bar, cercò nella scaffalatura delle bottiglie, con lo sguardo. Prese la bottiglia di un amaro, se ne versò un poco in un bicchiere, nel silenzio ghiacciato del locale, vi mise anche del selz, bevette, dal banco del bar disse a Franco Baronia: « Dobbiamo trovare gli assassini di quella povera ragazza al più presto, lei sa darci qualche indicazione? Dove possiamo prenderli? Dove possiamo cercarli? »

« Io lo so, » disse quello, implacabile nella sua onestà. « Mio cugino vive a Milano in casa di una sua amica, la Concettina... »

« Concetta Giarzone, » precisò Mascaranti, sfogliando il taccuino che aveva riempito di appunti.

« Sì, Concetta Giarzone, via Ferrante Aporti 86, » disse Franco Baronia.

Da dietro il banco del bar, dopo un altro sorso di amaro, Duca disse: « Come fa a conoscere con tanta precisione, a memoria, l'indirizzo di questa donna? »

Il piccolo rispose subito: « Perché a mio cugino, ai suoi amici e alle sue amiche, piaceva molto il formaggio lodigiano, lei lo conoscerà, » Duca accennò di sì, un formaggio duro con la lacrima. « E non solo me ne mangiavano a mezzi chili quando venivano qui, ma mio cugino voleva che gliene mandassi anche a Milano, a casa della sua amica e dovevo spedirgliene un po' ogni tanto, se no erano guai. Destinatario del lodigiano era Concetta Giarzone, Milano, via Ferrante Aporti 86. Lo so a memoria perché la rabbia che mi faceva ogni volta che dovevo fare quelle spedizioni, me la ricorderò fino al giudizio universale. »

« E sa gli indirizzi degli altri, dove possiamo trovarli? » disse Duca uscendo dal banco del bar.

« Ah, gli indirizzi non li so, ma lei li trova tutti in casa di Concettina, » disse il gentiluomo, « quello è il centro del vizio, perché vede, questa gente, oltre tutto, chiacchiera troppo, quando venivano qui ho sentito tutto quello che facevano o che avevano in mente di fare, oggi non hanno più nessun pudore e nessuna paura, dicono a voce alta in trattoria che la mattina dopo vanno a scannare la mamma. Passavo per tre secondi davanti al loro tavolo e sapevo quello che stavano preparando. C'erano sempre nomi di ragazze nei loro discorsi, e dei giri che facevano fare a queste ragazze. Vada in via Ferrante Aporti 86, là c'è la donna, Concettina, c'è mio cugino che fa la base in casa sua e c'è quell'altro, Michele Sarosi, è un barista, lavora a Milano, in un bar in viale Tunisia, lei, Concettina, se li tiene tutti e due. »

« Grazie, » disse Duca. Uno degli interrogatori più straordinariamente facili nella storia degli interrogatori. L'interrogato diceva tutto, e anche di più. « Come mai non c'è personale, qui. È il turno di riposo? »

« No, è sciopero del personale alberghiero, » disse lui.

« Mi dispiace, signor Baronia, lei deve venire con noi. »

« Lo sapevo benissimo, » il piccolo gentiluomo si alzò. « Sono pronto. Spengo le luci e tiro giù le saracinesche. »

Una dignità molto rara.

Gli lasciarono chiudere il suo alberghetto, lo caricarono sull'auto, nei sedili dietro, insieme col pappino e con Mascaranti e si diressero verso Milano.

Era un sabato di novembre, sera, umida ma non nebbiosa.

data a letto alle cinque come sempre, perché faceva la guardarobiera in un locale notturno in una traversa di corso Buenos Aires. Lo guardava, ma non lo vedeva ancora, come non si rendeva conto di essere peggio che nuda e così pellacchiosa in quella vestaglia trasparente. Come non si rendeva conto che stava dicendo, irrazionalmente: « Sì, sì, sì. » Ma d'improvviso lo riconobbe: era il padre di Donatella e lei lo sapeva benissimo. Il suo Es, allo scoperto per il sonnifero che le lavorava ancora dentro le dettò un comportamento istintivo ma del tutto irrazionale.

« Non sono stata io! Io non ho fatto niente! » gridò rauca e frullò per il corto corridoio, col flaccidume molleggiante del suo grosso sedere troppo impietosamente visibile per la trasparenza della vestaglia.

Anche zoppicante Amanzio Berzaghi irruppe addosso a lei prima che le sue grida facessero accorrere qualcuno, e con la destra l'afferrò per i capelli e con la sinistra le tappò la bocca. Non vi era stato bisogno di un lungo interrogatorio per scoprire la verità. La iena si era tradita da sola.

« Perché dici che non sei stata tu? » disse Amanzio Berzaghi, « che non hai fatto niente? »

La donna, doveva avere oltre quarant'anni, intensamente vissuti, guardò il viso cespuglioso del vecchio, respirò a fatica sotto la cespugliosa mano di lui dal dorso coperto di peli neri grigi e lo guardò con gli occhi pieni di terrore e di furore. Era una iena cui non piaceva essere presa in trappola, ed era anche una vecchia puttana che sapeva dove colpire gli uomini e con tutte le sue forze vibrò una ginocchiata nella parte virile di quell'uomo che la teneva stretta.

Amanzio Berzaghi non gridò neppure molto, ebbe solo un rauco respiro poi si afflosciò a terra, tentando

Capitolo 6

Guai a coloro che offendono un uomo mite.

1

Quello stesso sabato, Amanzio Berzaghi, poco dopo le dieci del mattino, schiacciava il bottone bianco sporco del campanello di una porta senza alcuna targhetta al settimo piano di via Ferrante Aporti 86. Udì nettamente il ronzio del campanello. Veniva a parlare con la signorina Concetta Giarzone.

Attese, ma non successe nulla. Premette ancora una volta il bottone. Attese paziente. Nulla. Ancora suonò il campanello, e mentre lo stava suonando la porta si aprì. Una donna, il viso liquefatto dal sonno, tentò di guardarlo attraverso le palpebre gonfie, ma evidentemente non ci riusciva, comunque lo fece entrare. Era piccola, piacente, ma precocemente vecchia, il viso, minuto, da bambina, era però sfasciato, come una casa in demolizione, momentaneamente puntellata, e così il corpo, cui la vestaglia trasparentissima non lasciava nulla all'immaginazione, di modo che la penosità flaccida del seno e il cascante grassume del suo corpo erano nettamente evidenti.

« Scusi, signora, » disse Amanzio Berzaghi, no guardando in quelle non dilettevoli trasparenze. La r conosceva benissimo, era la Concettina che veniva bar dove lui beveva la grappa. « Scusi, signora, n volevo disturbarla... »

Emergendo dal sonno pesante del sonnifero, lei r scì ad aprire del tutto gli occhi e a guardarlo. Era di attaccarsi alla vestaglia di lei e la vestaglia si sdrucì e gliene rimase in mano un lungo pezzo che si strappò con lo sfrigolante rumore del burro che frigge. Ma pur cadendo a terra per il disumano dolore del colpo che lei gli aveva dato, egli l'afferrò a una gamba, con la sua ancora possente mano pelosa e lei non sarebbe certamente sfuggita.

Ma c'era vicino un fermaporte. Era a forma di palla, grande quasi quanto il pallone del calcio, di plastica, pesava almeno tre chili, era decorato da fiorellini di metallo dorato, e aveva una maniglietta per sollevarlo e metterlo da una porta all'altra. Lei si curvò fulminea a raccogliere la pesante palla, e fulminea la vibrò su Amanzio Berzaghi, in piena faccia, e lui allora lasciò la presa della sua gamba mentre un fiotto di sangue gli usciva dirompente dall'occhio sinistro.

Concetta Giarzone, completamente sveglia dall'effetto del sonnifero, guardò un attimo il vecchio in terra, il viso coperto di sangue, poi corse nella sua stanza da letto. Sul comodino c'era il telefono. Formò un numero.

« No, non c'è, » rispose una voce.

Formò un altro numero.

« No, non c'è. »

Altro numero, altro no, non c'è. Quarto numero.

« Sì, è qui, » rispose una voce, si sentiva anche la canzonetta di un juke-box, « glielo chiamo subito. »

« Franco, Franco, è venuto qui il padre di Donatella, qualcuno deve avergli detto tutto, l'ho mezzo disteso, ho tanta paura, non so che cosa devo fare... »

Dall'altra parte la maschia voce di Franco Baronia, fu Rodolfo però, rispose decisamente: « Aspettami lì e distendilo pure tutto se ti dà fastidio, adesso arrivo subito io. »

Lei, Concettina, si tolse di dosso la lacerata trasparente vestaglia, si vestì in pochi secondi, uscì dalla stanza da letto e si trovò di fronte, in piedi, la parte sinistra del viso coperta dal sangue che ancora un poco gli colava dall'occhio, il padre di Donatella.

Non ebbe il tempo neppure di spaventarsi, né tanto meno di urlare, la pesante mano vellosa di Amanzio Berzaghi si abbatté su di lei, sul suo viso, la mano di un uomo che, anche se vecchio, ha guidato i Milano-Brema dal volante di un metro di diametro e lei sotto quel colpo di maglio schizzò un metro in là contro il muro e quasi vi si spiaccicò con un soffocato urlo, col naso che cominciò subito a colare sangue e cadde a terra svenuta.

Amanzio Berzaghi si curvò sia pure a fatica, l'afferrò per la coda dei capelli perché la vecchia puttana portava la coda come le dodicenni, la trascinò nel bagno, seminando tracce di sangue, il suo, che ancora gli sgocciolava dall'occhio sinistro, e quello che fluiva dal naso fracassato di lei, con estrema fatica, ma con saldo cuore la scaricò nella vasca da bagno e aprì il rubinetto dell'acqua fredda per farla rinvenire.

Stette a guardarla, tenendosi una mano in mezzo alle gambe per contenere il furibondo dolore ai genitali che lo faceva impazzire, in attesa che rinvenisse. Lei era in soprabito nella vasca che si colorava lievemente di rosa per il sangue che le usciva dal naso, aveva gli stivaletti e la borsetta, l'acqua montava nella vasca da bagno, gelida, e la coda da dodicenne fluttuava nell'acqua rossastra per il sangue. Con la mano sinistra in mezzo alle gambe Amanzio Berzaghi scosse la donna con la destra, come risciacquandola nell'acqua e lei d'improvviso rabbrividì e aprì gli occhi. « Ho freddo, » disse.

L'acqua scrosciava ancora, la vasca era piena solo a metà. Amanzio Berzaghi s'inginocchiò davanti alla vasca, per essere più vicino a lei col suo sanguinoso viso dall'occhio sfondato, davanti al sanguinoso viso di lei dal naso diroccato. « Perché l'avete ammazzata, delinquenti? » la scosse, la risciacquò nella vasca.

« Ho freddo, » lei disse, stringendo però sempre la sua borsetta saldamente. Rabbrividiva e vomitava per le bevute che faceva sotto il livello dell'acqua.

Con la sua enorme mano da camionista egli la inchiodava sul fondo della vasca e la guardava, più che furente, delirante col solo occhio destro, il solo che vedeva. « Me l'avete portata via, e va bene, me l'avete messa nei vostri bordelli, e va bene. Ma perché me l'avete uccisa, disgraziati? Che male vi faceva? A me bastava sapere che fosse viva. Dimmi perché l'avete uccisa, se no ti annego, qui », e le spinse la testa sotto il livello dell'acqua che continuava a scrosciare dal rubinetto tutto aperto.

Lei si dibatté e allora lui le sollevò il viso fuori dal livello dell'acqua.

« Ho tanto freddo. » Lei rabbrividiva convulsamente, « tanto freddo, tirami fuori, per pietà. »

« Ti tiro fuori se mi dici perché l'avete ammazzata. »

« Perché dava fastidio, » lei balbettò, negli incontenibili brividi di freddo che la divoravano.

« Come, dava fastidio? » urlò Amanzio Berzaghi e sbatté la donna nell'acqua scrosciante della vasca con tutto il suo soprabito e tutta la sua borsetta che lei teneva religiosamente stretta in mano come fanno tutte le vecchie puttane, e tutti i suoi stivaletti di pelle scamosciata petto di tortora. « Dava anche fastidio! Parla o muori. »

Lei parlò.

2

Sì, dava fastidio.

Donatella Berzaghi era molto docile. Diceva di sì sempre, specialmente a un uomo. Al principio, lei, Concettina, Franco Baronia, fu Rodolfo però, suo amico, e Michelone Sarosi suo amico di rincalzo, avevano fatto barcate di deca, con Donatella, neppure se avessero trovato un pozzo di petrolio. Questo perché Donatella aveva qualche cosa che nessuna professionista ha: a lei piaceva.

La crudeltà morale di prostituire una minorata mentale, e la crudeltà morale dei « clienti », che approfittavano di questa minorata, Amanzio Berzaghi, il padre, pensò che era meglio non approfondirla.

« Parla o ti annego! » urlò sbattendola ancora sott'acqua.

Parlò. Ai limiti dell'agonia, per il freddo dell'acqua gelida, che ormai travasava dalla vasca, inondava il pavimento, ma lui non se ne accorgeva neppure.

Ecco, dava fastidio, perché ogni tanto le venivano le crisi. A lei piacevano tanto gli uomini. L'avevano trascinata di bordello in bordello per tutta Italia. E appena un uomo entrava nella stanza in cui i suoi sfruttatori la mettevano, lei si molciva tutta nel viso e negli atteggiamenti per la voglia di essere posseduta e questo rendeva le sue quotazioni le più alte di tutta la piazza di Milano e d'Italia. Era un ignobile, indecente sfruttamento di un essere umano, però loro l'avevano fatto.

D'altra parte, Donatella aveva un difetto. Probabilmente, anche per gli abusi fisici cui era sottoposta, il suo pur potente organismo cedeva, qualche valvola del sistema nervoso saltava e lei cadeva in una specie di choc, continuando a ripetere papà, papà, papà, certo rammentando in quello stato delirante suo padre Amanzio Berzaghi che la seguiva momento per momento, che le comprava ogni tanto una bambola, sentendone la mancanza fisica e spirituale pur nella sua minorazione di mente che la rendeva simile a una bambina di sei anni.

Al principio queste crisi in cui lei si dibatteva e chiamava papà erano rare. Poi divennero più frequenti. Cominciarono ad avvenire anche quando lei era con qualche suo costosamente pagante ammiratore, che a quell'urlo rauco: papà, papà, papà, arretrava inorridito.

Cercarono di calmarla con dei sonniferi, per evitare quelle crisi, che non si mettesse a urlare che voleva papà, la imbottirono di pastiglie, ma dovettero smettere subito. I sonniferi distruggevano il maggior pregio della loro miniera d'oro: Donatella, coi sonniferi, o coi sedativi, non aveva più impulsi erotici.

Allora i suoi sfruttatori — la storia deve registrare i loro nomi: Franco Baronia, fu Rodolfo, Michelone Sarosi e Concetta Giarzone — pensarono che era meglio ricorrere alla violenza fisica. Le cose sarebbero andate male se lei invece di accogliere il cliente con l'empito istintivo che le era disgraziatamente connaturato, lo accoglieva invocando suo padre con quella voce rauca e infantile nello stesso tempo.

Perciò cominciarono a picchiarla, ogni volta che lei aveva quelle crisi, minacciandola di picchiarla ancora più forte se lei non faceva la brava, ma nonostante il suo infantilismo, Donatella rivedeva casa sua a Milano, in viale Tunisia, rivedeva la sua stanza piena di bambole, rivedeva il lampadario con Bambi, Pluto, Paperino, Topolino, Dumbo, rivedeva il viso cespuglioso di suo padre che l'aiutava a vestirsi, rivedeva le mani di suo padre che le carezzavano il viso e ne sentiva una mancanza fisica sconvolgente. E per questo aveva ugualmente quelle crisi, nonostante qualunque minaccia, e le crisi divenivano sempre più frequenti, anche se la picchiavano, la stordivano con sedativi, quell'urlo rauco, papà, papà, papà, echeggiava ogni tanto nei vari appartamenti dove loro — gli sfruttatori — di volta in volta la trasbordavano, creava scompiglio e pericolo e deprezzava la « merce ». Donatella Berzaghi era divenuta, da un filone d'oro, una pericolosa trappola. Una volta o l'altra con le sue grida, le sue smanie urlanti per il padre, avrebbe messo in allarme la polizia. Negli ultimi tempi le crisi si ripetevano ogni giorno, un po' con le botte e un po' coi sonniferi gli sfruttatori erano riusciti a contenerle, ma ormai la « merce » non era più commerciabile, era troppo pericolosa, in qualunque postribolo sistemassero Donatella lei provocava pericolo e, oltre tutto, non andava più perché non aveva più quell'empito erotico verso qualsiasi uomo che aveva costituito al principio la sua maggiore quotazione nella borsa della vergogna.

Disperati, gli sfruttatori una sera approdarono a Lodi col loro gigantesco carico, tramortito di sonniferi perché non continuasse a urlare papà. Franco Baronia, fu Rodolfo, il magnaccia, si fece ospitare da Franco Baronia suo cugino, il piccolo gentiluomo, fu Salvatore.

Il piccolo gentiluomo dovette ubbidire. Erano in tre contro di lui, suo cugino, delinquente, il suo amico Michelone e delinquente, e Concettina, una delle più grandi e sadiche vacche che lui avesse avuto occasione di conoscere.

Ma appena allentato un poco l'effetto del sonnifero, Donatella Berzaghi cominciò a implorare con voce sempre più alta anche se impastata, il suo papà, e con voce sempre più alta nella sua tragica, insostenibile voglia di rivedere il padre, più forte di qualunque altro suo istinto, anche di quello erotico, finché Franco Baronia, fu Salvatore, e gentiluomo, non li aveva buttati fuori tutti, lei e i suoi tre sfruttatori.

E questi sfruttatori se n'erano andati col loro pesante carico che continuava a invocare il padre e si dibatteva non vedendolo subito arrrivare come lei desiderava da mesi e mesi, per essere stretta tra le paterne braccia, ed essere carezzata dalle larghe mani di suo padre sul collo come lui usava, mentre le diceva bambina mia, bambina mia, e sentiva la mancanza, spasmodicamente, di quelle carezze paterne e di quella voce.

Nell'auto che li portava verso Milano l'ignobile terzetto decise che bisognava disfarsi del pericoloso carico che si chiamava Donatella. Se fossero stati intelligenti, non avrebbero dovuto fare altro che lasciare sulla strada, in vicinanza di qualche paese, la disgraziatissima ragazza che aveva avuto l'orrenda sfortuna di capitare nelle loro mani. Qualcuno l'avrebbe udita piangere, gridare papà, e l'avrebbe portata dai carabinieri. Probabilmente, in seguito alle indagini e all'interrogatorio della ragazza, i tre farabutti sarebbero stati ripescati, ma l'accusa sarebbe stata solo di ratto e sfruttamento. Invece i tre geni, per non correre il pericolo di essere scoperti, decisero di ucciderla.

Perché i criminali non sono mai intelligenti. La delinquenza è una forma di sordida e pericolosa idiozia, nessuna persona, appena appena intelligente fa il ladro, il rapinatore, l'assassino. E così i tre idioti decisero di ucciderla, la ragazza che non rendeva più. In questo modo, alla fine, sarebbero stati scoperti lo stesso, ma incolpati oltre che di ratto e sfruttamento, anche di omicidio premeditato. Belle intelligenze.

Michelone, il barista del bar di viale Tunisia, propose di seppellirla in uno dei campi vicino allo stradone, ma Franco Baronia, fu Rodolfo, disse: « Con che scaviamo, con le mani? » Scavare una buca per quel monumento, senza nessun arnese adatto, era una sfaticata che non gli andava.

L'auto andava lentamente, verso Milano, nello stradone percorso da poche auto, e ai margini dello stradone, ogni tanto, si levava il fumo, si levavano le faville dei covoni di sterpaglie messe a bruciare, che un dolce vento faceva divagare, quelle faville, nella straordinariamente dolce notte ottobrina di quella dolce pianura milanese, mentre la gigantessa si dibatteva ripetendo ormai il suo insostenibile richiamo al padre che faceva saltare i nervi ai suoi aguzzini.

« Aspetta, fermati, » aveva detto allora lei, Concetta Giarzone, la più grossa e putrida baraccona della valle padana, « qui, ecco, la mettiamo qui, dentro questo covone che brucia, quando è stata tutta la notte in questa brace, domattina non la riconoscono più, non sanno neppure se si tratta di una donna o di un cavallo. »

E fecero così. Scaricarono Donatella Berzaghi sullo stradone, con una grossa pietra Michelone la colpì in testa più volte finché lei non smise di chiamare suo padre e di agitarsi. Poi tutti e tre insieme, sollevando alte faville dal covone, la infilarono ancora viva nelle braci degli sterpi, lei sussultò su quel fuoco ma con qualche altro colpo di pietra Franco Baronia fu Rodolfo l'aveva finita. Misero ancora delle foglie secche, dei ramoscelli e sterpi di ogni genere, per coprirla tutta, e la coprirono tutta effettivamente, al mattino, dopo qualche ora di quella cottura, nessuno avrebbe potuto riconoscere non si dice di chi, ma di che si trattava. Soltanto, siccome

Donatella Berzaghi era ancora viva, nel sentirsi cuocere così orribilmente aveva tentato un ultimo istintivo gesto di salvezza, e aveva allungato il braccio, la mano dalle unghie laccate era venuta fuori dalle braci fumiganti e non era bruciata, poi, per sua fortuna, era morta.

3

In ginocchio davanti alla vasca da bagno, Amanzio Berzaghi teneva la testa di Concetta fuori dell'acqua che continuava a scrosciare dal rubinetto aperto al massimo, la teneva per la coda dodicenne e la lasciava parlare e raccontare, e così apprendeva che la vera assassina di sua figlia era quell'immondo essere rabbrividente disteso in soprabito, stivaletti e borsetta stretta in mano, nella vasca da bagno, da cui l'acqua ormai continuava a travasare inondando il pavimento, non solo del bagno, ma di tutto l'appartamento. Era stata lei che aveva suggerito di bruciarla, così, viva.

« Vai avanti, » le disse, sempre tenendola per la coda dei capelli.

Lei vomitò un po' d'acqua, nel convulso dei brividi di freddo per l'acqua sempre più gelida. « Siamo tornati a casa, a Milano, » disse.

E nello stesso istante suonò il campanello.

« Questo è il tuo amico, vero? » disse Amanzio Berzaghi, alzandosi faticosamente, « ho sentito bene la telefonata che gli hai fatto, anche se ero a terra. » Le lasciò andare la coda dei capelli e lei così cadde col viso sott'acqua, non si dibatté molto, non ne aveva le forze, annegò tranquillamente nel suo elegante soprabito anni 30, la borsetta che si gonfiava sempre più di acqua, bollicine rosee di sangue che le uscivano dalla bocca e dal naso, mentre Amanzio Berzaghi zoppicando andava verso la porta, ad aprire.

Infatti egli voleva fare la cosa più semplice immaginabile: aprire la porta. Sapeva che dietro la porta c'era Franco Baronia, fu Rodolfo, avendo sentito la telefonata, cioè quello che aveva messo sua figlia a bruciare viva nel covone, ed egli desiderava soltanto aprirgli la porta. E l'aprì.

Il piccolotto, volgarissimo ragazzo che era al di là della porta, al vederlo, al vedere quella mostruosa maschera di sangue che era il viso del vecchio Amanzio Berzaghi, coperto da uno spesso casco di capelli grigi, restò agghiacciato, al di là, non solo della paura, ma anche del terrore, non essendo il coraggio che distingue simile gioventù. Tacque in lui anche l'istinto di fuggire e Amanzio Berzaghi l'afferrò per i lunghi capelli, lo tirò dentro, richiuse la porta con un calcio e nonostante fosse un vecchio invalido, un ginocchio rotto, gemente per il dilaniante dolore ai genitali e per l'occhio scoppiato sotto il colpo del fermaporte, era pur sempre un grosso camionista del Milano-Brema, del Milano-Mosca, del Milano-Madrid, e sferrò il più potente pugno della sua vita in pieno viso al giovane assassino di sua figlia, e quel viso si sfasciò, sotto quel pugno, e continuò a sfasciarsi sotto gli altri che Amanzio Berzaghi continuò a dargli, finché il giovane non crollò a terra, il viso nella pozza del suo stesso sangue.

Nella piccola anticamera c'era una sedia, Amanzio Berzaghi, ansante sedette, guardando a terra quella cosa. Non erano stati pugni da film western, erano stati duri, veri pugni, che lasciano il segno per tutta la vita.

C'era anche uno specchio, nell'anticamera, proprio davanti a lui e così si vide il viso. Il sangue si era raggrumato e annerito, l'occhio sinistro era come esploso, come un'arancia schiacciata. E c'era anche il fermaporte, in quell'anticamera, era proprio vicino ai suoi piedi, era quello che Concetta gli aveva sbattuto in faccia, centrandogli l'occhio sinistro. Lo raccolse, senza alzarsi, tenendolo per la bella, decorata maniglia d'ottone, e lo tenne in mano guardando il giovane disteso in terra, i suoi capelloni brunoni, la macchia di sangue intorno al suo viso. Aspettava che rinvenisse, intanto ascoltava il fruscio intenso del rubinetto della vasca da bagno, sempre aperto, senza accorgersi che l'acqua stava dilagando dal bagno fin lì in anticamera. Quell'intenso fruscio gli rammentava quell'anno in cui, lui e sua povera cognata — non « la » sua povera cognata — avevano fatto il tentativo di portare Donatella in montagna, erano andati a Fondo Toce, in quell'albergo vicino alla cascata, erano stati forse i giorni più felici del suo destino di padre di una figlia minorata, Donatella era così contenta di vedere la cascata spumeggiante e fragorosa che bisognava trattenerla perché andava troppo vicino alla riva del torrente. Poi avevano dovuto tornare di corsa a casa, per la solita ragione, perché la gente a vedere quella ragazza così grande, senza nessuna pietà e civiltà, le girava curiosa intorno, come davanti al recinto dell'elefantessa. Ma quei pochi giorni erano stati giorni felici, nonostante tutto, musicati dallo scroscio della cascata che era proprio a pochi passi dall'albergo. E lo scroscio del rubinetto della vasca da bagno gli rammentò quei giorni così felici per la sua bambina, e lo fece torcere per l'orrendo dolore che la sua bambina non c'era più e che quell'essere che aveva ai suoi piedi gliel'aveva bruciata viva.

L'essere, cominciò a muoversi, rinvenendo, alzò il capo e dal viso disfatto e sanguinante, lo guardò.

Amanzio Berzaghi, tenendo il fermaporte del peso

di vari chili per l'artistico manico d'ottone, gli disse: « Non muoverti, se no ti do questo in testa. »

Era chiaro, e l'essere capì che se avesse tentato il minimo imbroglio quell'uomo dal viso tutto sangue, tutto peli, tutto capelli grigi, gli avrebbe rotto la testa con quel fermaporte come si rompe un uovo. E stette fermo.

« Dimmi come avete fatto a portarmi via la mia bambina, » disse Amanzio Berzaghi, facendo ciondolare il fermaporte sopra la testa dell'essere. « Come avete fatto ad ammazzarla, ormai lo so, adesso voglio sapere come avete fatto a portarmela via. » Pur con la mascella fratturata ebbe un faticoso sorriso: era curioso, lui, voleva sapere tutto.

L'essere, buttato in terra, nel suo sangue e in un leggero velo d'acqua che veniva dal bagno e che ormai invadeva tutto l'appartamento alzò lo sguardo e vide ciondolare sul suo capo la grossa e pesante palla del fermaporte. Doveva parlare, la vista di quella grossa e pesante palla gli rese le idee lucide, e lo rese sincero, cosa che raramente gli era capitata nella vita.

« *Come avete fatto ad ammazzarla, ormai lo so, adesso voglio sapere come avete fatto a portarmela via.* » Questa era la domanda, e l'essere vi rispose esattamente e sinceramente, mentre la grossa e pesante palla ondeggiava sulla sua testa.

4

Amanzio Berzaghi andava a prendere la grappa nel caffè vicino a casa, e Michelone gliela serviva, Michelone il bel barista, così cordiale, simpatico a tutti i clienti, tutti parlavano volentieri con lui, non solo delle schedine del totocalcio, ma anche delle loro faccende, delle corna che facevano alla moglie, e qualcuno, perfino, delle corna che la moglie faceva a lui. Parlavano anche dei figli che erano discoli, o delle fidanzate che erano cretine, parlavano di politica o della nebbia e degli incidenti stradali. Quando si va quasi tutti i giorni nello stesso bar e si trova quasi sempre lo stesso barista, è naturale che si parli e che si raccontino gli affari propri.

Amanzio Berzaghi non parlava di calcio o di donne, parlava della sua bambina. Giorno per giorno, grappino dopo grappino, parola dopo parola, aveva confidato al barista Michelone tutta la sua odissea, nei più minuti particolari, che teneva le finestre chiuse col lucchetto, che telefonava a sua figlia quando era in ufficio, due volte al giorno, e che correva a casa a controllarla due volte al giorno. I milanesi, quando danno la loro fiducia, la danno tutta, lui parlava al barista Michelone come a un figlio, come fosse il fratello di Donatella.

Invece Michelone era un talent-scout della prostituzione, lui cercava ragazze che potessero essere messe in pista e aveva amici che gliele collocavano. Al principio aveva ascoltato con molta noia i discorsi del vecchio longobardo che aveva una figlia minorata mentale. E a lui che gliene fregava? Ma il vecchio dal viso e dalla testa pelosa, cespugliosa, le mani tutte peli, grappino dopo grappino, continuava a insistere che la sua bambina era bella, molto bella, che non era né grassa, né grossa, che era perfettamente proporzionata e che anzi l'essere alta due metri, aumentava la sua bellezza. Era la donna più bella del mondo, continuava a ripetere il vecchio posando il bicchiere del grappino sul banco.

Questo continuo ripetere bella, bellezza, la donna più bella del mondo, da parte del padre dettero l'ispirazione al talent-scout dello sfruttamento, Michelone. Ne parlò con Concettina, la donna che divideva fraternamente col suo più caro amico, e tutti e tre insieme formavano l'AFB, l'Anonima Fornitura Bordelli, e tutti e tre studiarono la cosa.

Di solito la prassi in quella caccia alla disgraziata consisteva nel sedurla, rovinarla moralmente e socialmente, in modo che lei non trovasse altra via di salvezza che la prostituzione o il suicidio. Perché il terzetto era in gamba, non cercava puttanelle in fieri che anche senza alcuna spinta sarebbero andate a battere per conto loro. Loro braccavano i pezzi rari, le minorenni di buona famiglia, le giovani spose romantiche brutalmente abbandonate dal marito, le giovani insegnanti integerrime che appunto per questa integerrima morale non trovavano marito, ma che loro, Michelone o Franco Baronia, fu Rodolfo, con l'aiuto di Concetta Giarzone riuscivano a sciogliere dalla loro integerrima morale, e a sbattere poi in pochi mesi in qualche elegante appartamento o circolo culturale di Milano, o villa alla periferia meno frequentata della città.

Questa era la prassi normale, ma il trio sfruttamento, fin dalle sue prime riunioni, si rese conto, che non si poteva seguire la regola. Sarebbe stato certo facilissimo sedurre la ragazza, Amanzio Berzaghi, nei suoi discorsi al barista Michelone, col bicchierino di grappa in mano, aveva confessato, con velato e addolorato pudore, che una delle sue peggiori sofferenze era la troppa simpatia che sua figlia, nella sua minorazione mentale, aveva per gli uomini.

Ma la sorveglianza continua, rigorosa, perfetta del padre, rendeva ogni opera di seduzione impossibile. La ragazza gigante non usciva mai, né rimaneva sola in casa per più di due ore, perché suo padre a metà mattinata e a metà pomeriggio, lasciava l'ufficio della Gondrand e faceva una scappata in casa a controllare la sua bambina. In queste condizioni non c'era molto da sedurre.

Fu Concetta, la mente di quell'ignobile Anonima, che comprese che occorreva un atto di forza. Bisognava portar via la ragazza e basta. Con lo spirito pratico delle sadiche disse che valeva la pena di correre qualunque rischio, perché una scema libidinosa era un pezzo tanto raro che avrebbe reso più che vincere alla lotteria di Capodanno con Canzonissima.

L'idea era buona, ma si trattava di realizzarla. Rapire una ragazza alta due metri, del peso di un quintale e le cui reazioni non potevano essere completamente prevedibili, non era molto semplice. Ma Michelone aveva l'asso nella manica. Nel caffè dove lui faceva il barista, veniva quasi ogni giorno una giovane domestica, piuttosto bruttina perché sofferente di epatite da alcolismo, dato che beveva vino bianco a secchiate. Era sola, aveva due figlie affidate a sua madre, cercava uomini avidamente, veniva nel bar oltre che per bere i suoi bianchi, soprattutto per quello, offriva lei da bere, ma escluso qualche morto di fame, tutti i ragazzi bene del locale se la ridevano a vederla e non volevano neppure sfiorarla. Era di un biondiccio lugubre, aveva acquosi occhi disgustanti da donna che ha voglia, era sempre goffamente vestita in maglie e magliette, in un corpo goffo che non aveva niente di femminile, perché il seno era inesistente e i fianchi pure, e il dietro spropositato suscitava più le risa che un richiamo sessuale. E, come ultima disgrazia, sua madre e suo padre, quando era nata, le avevano dato il nome

Domiziana, così che fin dalla prima elementare avevano cominciato a canzonarla e la canzonatura era durata nel tempo, anni e anni, e continuava a durare, non perché Domiziana fosse un nome da canzonare, ma perché era spaventosamente inadatto a lei.

Ma per il trio sfruttamento aveva un grande, impagabile pregio: faceva la domestica presso dei signori che abitavano nello stesso stabile dove abitava Donatella Berzaghi con suo padre, viale Tunisia 15.

Il piano fu studiato in ogni più minuto particolare, quasi come lo sbarco in Normandia, non fu lasciato assolutamente nulla al caso. L'operazione cominciò con la fin troppo facile seduzione della domestica Domiziana. Michelone che, prima di allora, la guardava come fosse uno scarafaggio schiacciato in terra, d'improvviso arse di bruciante amore per lei e di rincalzo, nel caso non fosse riuscito ad appagare le sue aspirazioni, arrivò Franco Baronia — fu Rodolfo — e sommersero la domestica sofferente di epatite alcolica in un tal mare di amore, si fa per dire, che lei disse di sì a tutto, a tutto ciò che quei due degni giovani le chiesero.

Il problema per i tre era questo: si trattava di portar via una ragazza ingombrante come Donatella nello spazio di trenta minuti, perché suo padre, fra telefonate e visite non la lasciava senza sorveglianza più di quel tempo. E senza lasciare tracce o suscitare sospetti. Il problema venne risolto brillantemente grazie all'aiuto della domestica Domiziana immersa nei suoi paradisi sessuali ed alcolici.

Essendo primavera, lei informò i suoi dispensatori di gioia che i suoi padroni, da buoni milanesi benestanti, andavano a Rapallo a godersi il mare, dal giorno tale al giorno tal altro, quindi l'appartamento rimaneva libero.

Fu proprio in questo periodo che Michelone salì quella mattina all'appartamento di Donatella. Non essendo tipo da aver problema di chiavi con un ferretto aprì facilmente la serratura, ed entrò. Era l'ora H. L'operazione, studiata al millesimo come quella di un commando, iniziò.

Michelone entrò e sorrise a Donatella che era venuta in anticamera al rumore della porta aperta, un sorriso maschio, sessuale, essendo stato informato dallo stesso padre di Donatella, grappino dopo grappino, delle propensioni erotiche della ragazza, che gliele confidava quasi con le lacrime agli occhi per la sciaguratezza della cosa, ma che lui, Michelone, ascoltava goloso, imbastendo la trama, nella sua mente, di uno sfruttamento di simile particolarissima merce.

Donatella, alla carezza che lui le fece sul seno, lo seguì docile. Michelone la fece scendere un piano, nel momento in cui non c'era nessuno, e del resto tutti prendevano l'ascensore e le scale erano sempre deserte.

E al piano di sotto c'era la serva Domiziana con la porta socchiusa che li attendeva e che li fece entrare subito nell'appartamento che i suoi padroni, milanesi in vacanza, avevano abbandonato per andare alle ebbrezze salsoiodiche di Rapallo. Nell'appartamento c'era anche, già, Franco Baronia, fu Rodolfo, e lui e Michelone e la serva ubriaca intrattennero in turpitudini da cui l'immaginazione rifuggiva, l'infelice minorata mentale, perché il grosso problema da risolvere era questo: come uscire da quella casa con quell'ingombrante carico, senza essere visti dal portiere o da altri.

Il problema era stato risolto da Concettina Giarzone con lucida intelligenza: Donatella era stata rapita poco prima di mezzogiorno e portata nell'appartamento al piano di sotto grazie alla serva Domiziana. E lì era stata tenuta e intrattenuta fino alle due del mattino quando, dopo averla ubriacata, la trascinarono a pianterreno, aprirono il portone con le chiavi della serva e caricarono la gigantessa nell'auto ferma davanti al portone. Al volante dell'auto c'era lei, Concetta Giarzone. La serva rimase sul portone, completamente sbronza, sessualmente, più che sazia, fracassata, ebete, le chiavi del portone in una mano, a guardare l'auto che si allontanava. Era una bella notte di primavera.

5

Amanzio Berzaghi fece dondolare il grosso fermaporte davanti alla faccia di Franco Baronia. « Tu vuoi dire che quando io quel giorno sono andato a casa e non ho trovato più mia figlia, mia figlia era lì, al piano di sotto, con voi? »

A terra, il viso sfasciato immerso nel proprio sangue, e nell'acqua che dal bagno invadeva lentamente tutto l'appartamento, Franco Baronia disse che sì. « Non potevamo portarla fuori di giorno, ci avrebbero visto un sacco di persone, l'abbiamo tenuta lì fino a notte, così non ci ha visto nessuno quando l'abbiamo portata via. » Franco Baronia guardava la grossa palla fermaporte che gli dondolava davanti leccandosi dalla paura il proprio sangue e l'acqua gelida che gli ruscellava intorno.

« Tu vuoi dire, » ripeté monotonamente Amanzio Benzaghi, i milanesi in fondo sono un po' noiosi, « che mentre io andavo al commissariato a denunziare la scomparsa di mia figlia, la mia bambina era al piano di sotto?... »

Franco Baronia non poté dire altro che sì. Il padre, disperato, cercava sua figlia nella casa vuota, correva dalla polizia, e sua figlia era al piano di sotto, in balia di due disgraziati che la seviziavano e di una serva che assisteva all'abbietto macello sempre più rinfocolata.

Amanzio Berzaghi, ormai al di là dello stato di umanità, ringhiò sordo, esattamente come bestia, poi alzò il potente braccio, potente e velloso, e colpì in piena testa col fermaporte, il già quasi distrutto essere disteso a terra che gli aveva ucciso la figlia.

L'acqua che ruscellava per tutta la casa, si tinse in quel punto di un rosa brillantissimo e bioccoli bianchi di mucillaggine corsero, roteando nella leggera corrente che per misteriose, muratorie ragioni di pendenza, andava verso il bagno di servizio. Un istante dopo Amanzio Berzaghi, trafitto da un insostenibile spasimo all'inguine cadde a faccia avanti, la mostruosa ferita all'occhio gli si riaprì, l'acqua che correva per tutto il pavimento e che aveva cominciato a schiarirsi, tornò a rosseggiare, mentre lui, per sua fortuna, scivolava nell'incoscienza.

6

Riprese coscienza per un ronzio continuato. Si alzò carponi e si rese conto che il ronzio continuato era il campanello che suonava. Con un ultimo sforzo si mise in piedi, lo specchio in anticamera gli trasmise implacabile l'immagine del suo viso insanguinato, vedeva appena, e poco, solo dall'occhio destro. Non capiva molto, il fruscio dell'acqua che inondava le stanze lo confondeva ancora di più. Ma il campanello suonava e andava istintivamente ad aprire, da buon milanese ordinato che risponde a tutti gli squilli, di campanello, di telefono, di sveglia.

Aprì la porta, dietro la porta, con quel poco di occhio destro che ancora vedeva, vide Michelone. Michelone arrivava perché il suo compare Franco Baronia lo aveva avvisato che in casa di Concettina c'era il padre di Donatella, e che lui venisse a dargli una mano. E lui, eccolo lì, era venuto a dargli una mano.

Al vederlo, come per un terremoto, tutto si scatenò in Amanzio Berzaghi, si sommosse, esplose. Era l'uomo al quale aveva confidato quasi piangendo la sua tragedia di padre di una minorata, al quale aveva raccontato, come a un figlio, la sua pena, la sua angoscia, tutta la sua fatica per proteggere la sua bambina, tra una grappa e l'altra, e lui aveva approfittato di quelle confidenze dolorose e commosse, per portargli via Donatella.

Lo afferrò per la giacca e lo tirò dentro, benché vecchio, ferito, dolorante tutto, si scatenò, non più uomo, ma semplice furia della natura, addosso a Michelone che, benché grosso, s'insaccò tutto sotto quel furore di colpi e sotto la divampante violenza con cui Amanzio Berzaghi gli sbatteva la testa contro il muro, finché capì che stava morendo, rotto, e infatti morì, quasi addosso al cadavere di Franco Baronia, il bel soprabitino di pelle foderata di pelliccia, che si era appena comperato, tutto rosso del suo sangue.

Amanzio Berzaghi lo guardò un momento, comprese che quello era morto, e voleva andare in bagno, sentiva che stava per svenire di nuovo, ma voleva lavarsi la faccia, rinfrescarsi, poi voleva chiudere il rubinetto del bagno, ma appena alzatosi, con l'immagine sonora delle cascate di Fondo Toce, cadde di nuovo quasi addosso ai due assassini di sua figlia, cadde a terra, distrutto, nell'acqua il cui rumore ruscellante gli rammentava sempre, pur nell'oscurità incombente dell'agonia che lo attendeva, la cascata di Fondo Toce, dove era stato con Donatella, quei felicissimi e lontanissimi giorni.

Capitolo 7

« Certo, signori, che non è giusto ammazzare, segùra de sì, che l'è minga giust! »

1

La sera di quel giorno — era un sabato, un meraviglioso e imprevedibile sabato novembrino, per niente freddo, per niente nebbioso — Duca Lamberti, Livia e Mascaranti, di ritorno da Lodi dove avevano parlato con Franco Baronia, fu Salvatore, però, sbarcarono in via Ferrante Aporti 86 prima che si chiudesse il portone e Duca domandò al portinaio: « La signorina Concetta Giarzone. »

« Settimo piano, l'ascensore è guasto, » disse sadicamente il portinaio.

Salirono i sette piani, Mascaranti su quei sette piani, pensava cose che non poteva assolutamente dire, a nessuno. E fin dal pianerottolo del sesto piano videro un filo d'acqua che ruscellava per le scale, come una cascatella. Ansante, furioso, perché non gli era mai piaciuto fare le scale, Mascaranti arrivò al settimo piano, davanti a quella porta.

« L'acqua esce da qui, » disse. Si udiva perfino, attutito, il fruscio dell'acqua che correva dal rubinetto della vasca da bagno. « Come mai non se ne accorge nessuno? »

Duca non rispose e premette il bottone del campanello, mentre Livia cercava di stare lontana dai due o tre torrentelli che fluivano dalla porta. Probabilmente qualche altro inquilino si era accorto di quell'acqua che scorreva fuori da quella porta, ma si era ben guardato dall'avvisare qualcuno, il portiere: la civiltà di massa ha questo pregio, che ciascuno può annegare liberamente senza che gli altri gli diano fastidio nel tentativo di salvarlo. È in fondo una forma di delicatezza e di rispetto dell'opinione altrui di morire da sé.

« Cosa ci stanno a fare i portieri? » disse Mascaranti. « Qui l'appartamento deve essere tutto allagato, chi sa quanti l'hanno visto, ma nessuno ha detto niente. »

Neppure Duca diceva niente, continuava semplicemente a suonare il campanello. Ma non rispondeva nessuno. Allora disse a Mascaranti: « Hai qualche cosa per aprire? »

« Forse, » disse Mascaranti. Scansando i ruscelletti che fluivano da sotto l'uscio perché da buon meridionale non gli piaceva bagnarsi le sue scarpe lucide, Mascaranti si avvicinò alla serratura della porta armato di uno di quei temperini da boy-scout che contengono tutto, vari tipi di lame grandi e piccole, il raschietto, la limetta per le unghie, il cacciavite, il cavaturaccioli e il punteruolo. Lavorò un poco con questi arnesi dentro la serratura, poi dette una spallata, e la porta si aprì. « Io dovevo fare il ladro, chi sa perché ho fatto il poliziotto, » disse entrando.

Duca guardò, tutti e tre guardarono, lui, Livia e Mascaranti, con i piedi nell'acqua che veleggiava sul pavimento, come essere a piedi nudi sulla riva di un lago mosso da una lieve brezza.

Vi erano tre corpi, in quella ridotta anticamera, costatò freddamente Duca. Due avevano il cranio nettamente sfracellato e le pareti dell'ambiente erano tutte schizzate di quei resti. Erano il corpo di Franco Baronia e di Michelone Sarosi. Poi c'era un terzo corpo, ginocchioni in terra, tutto rannicchiato, che rantolava, rantolava come le aragoste quando sono tirate fuori dall'acqua e si ergono nella loro disperazione presentendo la crudele morte che le attende ed emettono quel loro rauco e sordo rantolo d'agonia. Questo terzo corpo, rannicchiato e rantolante, non era difficile da riconoscere, apparteneva a Amanzio Berzaghi, il padre di Donatella.

Poi c'era l'insostenibile scroscio dell'acqua che veniva dal bagno, e Duca si diresse di colpo verso la fonte del rumore, e appena entrò nel bagno vide Concetta Giarzone nella vasca, sotto un palmo d'acqua, completamente vestita, la coda di capelli da dodicenne che galleggiava e serpeggiava sotto il violento getto d'acqua, gli stivali scamosciati gonfi d'acqua che le gonfiavano ridicolmente i polpacci.

Duca chiuse il rubinetto dell'acqua, e l'ossessionante rumore finalmente finì. Guardò ancora il corpo di Concetta, Concettina Giarzone, immerso un palmo sott'acqua, la coda aveva smesso di vorticare, ora che il rubinetto era chiuso, ma lei teneva sempre tenacemente in mano la sua borsetta, gonfia anch'essa di acqua, ben decisa a portarsela, evidentemente, nel suo viaggio verso l'eternità. Poi Duca uscì e cercò il telefono, scavalcò i cadaveri di Franco Baronia e di Michelone Sarosi, e il corpo rantolante in quell'insostenibile modo di Amanzio Berzaghi, e al di là incontrò il viso livido di vomito imminente di Livia, perché una testa fracassata con un fermaporte non è cosa che si possa vedere tranquillamente.

« Vai fuori, Livia, scendi giù, » le disse Duca vedendo da medico quel livore.

« Perché? » lei disse. Respinse il conato che la travolgeva al vedere le pareti dell'anticamera macchiate di irriferibili tracce sanguigne. « Io resto qui. »

Benissimo. Restasse pure. Duca raggiunse il telefono, e chiamò tutti e tutto, la questura, il pronto soccorso, l'obitorio, poi si inginocchiò vicino all'uomo che continuava a rantolare come un'aragosta morente, noncurante dell'acqua ancora fluente e che gli infradiciava i pantaloni, e gli prese il polso.

Era agli ultimi.

Allora con rabbia, con vero furore, rivoltò il grosso rantolante uomo, lo mise supino, gli stracciò con tutta la sua rabbiosa violenza la giacca, la camicia, le maglie, finché non gli mise allo scoperto il torace, allora, con tutte e due le mani e con tutta la sua forza premette in senso circolatorio sul cuore del vecchio rantolante, che gli volgeva un viso sanguigno nero dall'occhio esploso, e continuò così disperatamente in quel disperato massaggio finché due infermieri non arrivarono con la barella.

Col viso gocciolante di sudore Duca li aiutò a mettere Amanzio Berzaghi sulla barella, e li seguì. Livia seguì lui. Mascaranti seguì loro. Era un sabato sera. Non sembrava neppure novembre, anche se faceva freddo, non sembrava neppure Milano per la limpidezza dell'atmosfera. Si trattava di vedere se il vecchio sarebbe sopravvissuto.

2

Sopravvisse. Nessuno sottovaluti un vecchio milanese, camionista, anche se morente. Sopravvisse, contro la sua volontà, solo per i prodigi della medicina, sopravvisse senza un occhio, con un dilaniante e irreparabile guasto alla zona genitale, e appena si accorse di vivere, appena poté parlare, continuò a ripetere no, no, no, no, non diceva altro che no. Non occorreva essere un genio della psicanalisi per capire che cosa volesse dire quel no, no. Non voleva più vivere.

Ma le fleboclisi e tutte le altre cure, violentarono la sua voglia di morire, ora che non aveva più Donatella, e brutalmente gli ricostruirono dentro, solo nell'organismo, una pallida e stanca volontà di vivere.

Duca Lamberti passò quattro giorni e tre notti vicino al suo letto, finché Amanzio Berzaghi non riuscì a parlare.

« Perché non è venuto in polizia, con quella lettera? » disse Duca, quando ebbe afferrato la verità dal faticoso racconto del vecchio Amanzio Berzaghi, disteso orbato, fasciato ma ancora potente, sul lettino d'ospedale, « invece di andare in quella casa ad ammazzare tre persone? »

« Sono venuto tante volte da voi, » disse con tristezza Amanzio Berzaghi, « per mesi e mesi sono venuto da voi, ogni settimana, vi dicevo che mi avevano rapito la figlia, e voi che cosa avete fatto? Niente. Non siete riusciti a trovare i rapitori della mia bambina, e quando l'hanno uccisa non siete riusciti a trovare i suoi assassini. Li ho trovati io, prima di voi poliziotti. »

Duca Lamberti ingoiò saliva e vergogna, prese fiato, poi disse con voce molto bassa: « Li avevamo già trovati anche noi, gli assassini di sua figlia, proprio quello stesso giorno, sabato. »

« Sarà, ma io li ho trovati prima, » disse cocciutamente Amanzio Berzaghi.

Quella stanza dell'ospedale Fatebenefratelli era molto calda, assurdamente calda, attraverso le tende della finestra si vedeva la luce squallida del novembre milanese. Duca aveva voglia di fumare, ma non si poteva.

« Lei ha assassinato tre persone, » disse Duca, ingoiando ancora saliva e amarezza. « Questo non è giusto, anche se queste tre persone hanno ucciso sua figlia. »

Il vecchio cespuglioso scattò: « *Ségùra de sì che l'è minga giust!* » parlava in stretto milanese, aveva detto: « Sicuro che non è giusto », e continuò accaldato: « Io non sono un delinquente, non ho mai avuto intenzione di ammazzare nessuno, neppure gli assassini della mia bambina. Se voi della polizia invece di fare tante chiacchiere e di menarmi per il naso mesi e mesi, » parlava sempre un milanese più stretto, aveva detto: « *Invés de cicciarà tant e de ciappàm per el baver mes e mes,* » « se voi, invece, aveste trovato i rapitori di mia figlia, mia figlia non sarebbe morta e io non avrei ammazzato tre persone! » Amanzio Berzaghi si alzò a sedere sul letto, in tutta la sua imponenza, resa ancor più imponente dalla vistosa fasciatura che gli copriva la testa e due terzi della faccia. E alzò anche la voce: « Cosa ci state a fare voi della polizia? Per sei mesi sono venuto in ginocchio a supplicarvi di ritrovare mia figlia, e l'unica cosa che siete stati capaci di fare è stata quella di ritrovarmela morta bruciata viva su uno stradone per Lodi. Vengo a sapere chi sono gli assassini della mia bambina, e cosa pretendete da un uomo? Ho voluto vederli almeno in faccia. »

« Vederli in faccia è un conto, » disse calmo Duca continuando a inghiottire vergogna, « ammazzarli è un altro. »

« Ma io non volevo ammazzarli, io volevo soltanto parlare con quella donna, » disse Amanzio Berzaghi, « solo che lei appena le ho fatto qualche domanda mi ha colpito in quel modo, e allora io ho reagito. » Abbassando la voce, quasi lacrimoso, spiegò e rispiegò, ma non per scolparsi, che lui non avrebbe ammazzato nessuno, che a un certo punto non capiva quello che faceva. « Signor brigadiere, non glielo dico per scolparmi, potete condannarmi anche a venti ergastoli, cosa vuole che me ne importi, alla mia età? Glielo dico solo per dirle che lo so che non dovevo farlo, anche se erano gli assassini della mia bambina non dovevo ammazzarli, ma non sono riuscito a tenermi, » con profondissima onestà milanese spiegava la sua sciagura. « Io non sono un delinquente, io non sono andato lì per fare una strage, io sono andato lì per parlare con quella donna e lei mi sfascia la faccia e poi mi dice che la mia bambina l'hanno ammazzata perché dava fastidio. Poi arrivano gli altri due, io non li ho cercati, sono venuti loro, venivano per farmi fuori perché Concettina li aveva avvisati che ero lì. Non mi sono neppure accorto di averli ammazzati, ma lo so che non dovevo fare quello che ho fatto, lo so, lo so, ma non sono riuscito, riuscito, riuscito a tenermi. » Parlava farfugliando per la mascella rotta dalla botta del fermaporte e ripetendo molte volte le stesse parole.

« Lei doveva portare quella lettera col nome degli assassini di sua figlia, che le è stata messa sotto la porta, a noi, in questura, e noi avremmo arrestato gli assassini, » disse Duca, burocraticamente e svogliatamente. « Perché non l'ha fatto? Poteva anche telefonarci. Saremmo venuti subito. »

Amanzio Berzaghi scosse il capo tutto bendato, poi disse qualche cosa che al principio Duca dubitò di capire: « Forse perché la lettera me l'hanno messa sotto la porta il venerdì sera e il giorno dopo era sabato, ero libero. E siccome ero libero, allora sono andato in via Ferrante Aporti a vedere quella donna. »

« Che cosa vuol dire? » domandò Duca, tentando di capire.

« Insomma, ecco, » spiegò il cespuglioso vecchio nel

suo cupo e dolce dialetto milanese, « se quella lettera me la mettevano sotto la porta il martedì sera, per esempio, io il mercoledì dovevo andare a lavorare alla Gondrand perché era giorno feriale e sarei andato a lavorare, perché io a bottega, se non sono morto, ci vado sempre, invece di andare da quella donna, e avrei avvertito voi della polizia, ma siccome il sabato ho la giornata libera, allora mi è venuta l'idea di andarla a vedere, questa che mi aveva portato via la mia bambina e che insieme con gli altri due me l'aveva ammazzata. Se non fosse stato sabato non l'avrei fatto, tutto questo disastro. »

Duca non disse nulla. Anche se sbalorditiva, sentiva che l'affermazione era esatta. Un vecchio milanese, lavora sempre, ogni giorno, durante tutta la settimana, anche se corta. Se commette qualche cosa che non va, la commette al sabato. Si alzò.

« Si distenda, e cerchi di riposare. »

« Sì, signor brigadiere. » Amanzio Berzaghi si distese con un grosso sospiro sui cuscini. « Vorrei morire, » disse.

Era comprensibilissimo, pensò Duca. Ora che non aveva più sua figlia quell'uomo era già morto. Ma vi sono delle regole morali da rispettare e tra queste, quella di impedire che uno si uccida per quante ottime ragioni abbia di farlo. « Stia calmo, » disse Duca, « deve dormire. »

Uscì dalla stanza dell'ospedale. Fuori c'era un agente che sorvegliava l'assassino Amanzio Berzaghi.

« Vai dentro e non lasciarlo solo neppure un minuto, se no si ammazza. »

« Sì, dottore, » disse l'agente.

Da basso c'era Livia, al volante dell'auto, che lo portò in questura, era un buio pomeriggio, freddissimo, l'inverno milanese cominciava a mordere forte anche se non c'era nebbia. Arrivarono in questura.

Da una parte e dall'altra della scrivania Duca e Livia si guardarono. Era tutto molto triste, l'ufficio, la luce del giorno, il loro aspetto stanco e teso.

« È arrivata una lettera a casa, questa mattina, » disse Livia tirandola fuori dalla borsetta. « Scusami se l'ho aperta, ma c'è l'intestazione dell'Ordine dei Medici, e non ho resistito ad aprirla. »

« Hai fatto bene, » disse Duca. In quel momento suonò il telefono. Era Mascaranti.

« Dottore, l'ho presa, » disse.

Non occorreva essere uno Sherlock Holmes per capire che la persona che aveva messo sotto la porta dell'appartamento di Amanzio Berzaghi la lettera col nome dei tre assassini di Donatella, era la serva Domiziana, e Duca aveva incaricato Mascaranti di ricercarla.

« Sono riuscito a farla parlare, » disse Mascaranti, ringhioso.

Duca sperò che fosse riuscito a far parlare la domestica, con metodi civili e consentiti dalla Costituzione. Ma non ne era sicuro.

« Ha confessato tutto. Ha ospitato lei nell'appartamento dei suoi padroni Donatella Berzaghi e quei due delinquenti, e quando loro l'hanno abbandonata, ha messo la lettera sotto la porta dell'appartamento del padre di Donatella, per vendicarsi. »

Chiaro ed infantile, la serva vogliosa si vendicava di coloro che non la svogliavano più. Un bel mondo, quello.

« Grazie, Mascaranti, buttala nella pattumiera. » Duca depose il ricevitore.

« Non leggi la lettera? » disse Livia.

« Sì, » disse Duca. Tolse il foglio dalla busta.

« *Caro Lamberti, è con grande piacere, sincerissimo, che ti unisco qui la copia della comunicazione del consiglio nazionale che con questa delibera ti riammette senza alcuna condizione nell'Ordine dei medici. Questa delibera sta per essere pubblicata nel nostro organo ufficiale, oltre che in molte riviste specializzate. Tutti noi che ti conosciamo siamo contenti di questo fatto e io spero di poterci presto incontrare con tanti altri tuoi amici intorno a una bella tavola. Intanto ti abbraccio.* » Seguiva la firma, quella di uno dei più grossi capoccioni dell'Ordine.

« Hai letto? » disse Livia.

« Sì, ho letto, » disse Duca.

« Non sei contento? » disse Livia.

« Certo che sono contento, » disse Duca.

« È stato Càrrua, sai, sono anni che si batte per te, anche adesso che è in Sardegna, c'è riuscito, » disse Livia.

Ih, se non lo sapeva che era Càrrua che ci teneva tanto a farlo tornare medico. « Sì, lo so, » disse.

« Perché fai quella faccia lì? » disse Livia.

Duca respirò profondo. « Perché non sono né un buon medico, né un buon poliziotto. Come medico sono riuscito a farmi radiare dall'Ordine e una delle operazioni più importanti che ho fatto è stata la ricostruzione dell'imene di una prostituta. Come poliziotto ti ho fatto sfregiare il viso in quel modo, e adesso non ho potuto impedire, non sono arrivato in tempo a impedire il macello che ha fatto quel povero vecchio per vendicare sua figlia. Ecco perché faccio questa faccia. »

« No, » disse Livia, « tu sei un buon medico e un buon poliziotto. »

« Se lo dici tu, » disse Duca amaro.

« Lo dico io ed è vero! » Livia alzò la voce. « Sei

solo stanco, perché sei troppo sensibile. Vieni, usciamo un poco. »

« Sì, » disse Duca. Pensò, ma non glielo disse: « Grazie, Minerva. »

Indice

Finito di stampare nel mese di luglio 2011
da Grafiche S.I.M.A. s.r.l. di Zingonia (BG)